Franziska Polanski

Verzweifeln Sie bitte draußen!

FRANZISKA POLANSKI

Verzweifeln Sie bitte draußen!

Minidramen und
Satiren

ULLSTEIN

Die Deutsche Bibliothek – CIP-Einheitsaufnahme

Polanski, Franziska:
Verzweifeln Sie bitte draußen!: Minidramen und Satiren/Franziska
Polanski. – Berlin: Ullstein, 1997
ISBN 3-550-08246-0

© 1997 by Ullstein Buchverlage GmbH, Berlin
Alle Rechte vorbehalten
Die Texte »Das Familienfoto«, »Auf dem Standesamt«
und »Die Herrenkonferenz« wurden mit freundlicher Genehmigung
entnommen aus: Polanski, Franziska, Die Sketch-Werkstatt
Augustus Verlag, © 1996 Weltbild Verlag GmbH
Satz: Dörlemann Satz, Lemförde
Druck und Binden: Graphischer Großbetrieb Pößneck GmbH, Pößneck
Printed in Germany 1997
ISBN 3 550 08246 0

Gedruckt auf alterungsbeständigem Papier
mit chlorfrei gebleichtem Zellstoff

Inhalt

KUNSTKUNST
UND
MEDIEN

Auf der Buchmesse

Auf der Frankfurter Buchmesse. Halle 804, Ebene 7.1.1.3.4, Stand 672/2 G des Doetzer-Verlages. Reges Treiben am Messestand: Lektoren, Marketingleiter, Sekretärinnen, Empfangsdamen, Assistenten, Besucher, alles drängt sich auf einigen Quadratmetern am Stand. Weit hinten an der Wand: Bücher. Zwischen allem verloren im Gedränge der Autor Hajo Klötzenberger. Die Assistentin Lektorat II – sehr geschäftig mit Protokoll-Liste – ist in seiner Nähe.

INTERESSIERTER BESUCHER *(zum Autor)* Haben Sie dieses Buch über das Hotel im All geschrieben?

AUTOR Wie? Nein.

INTERESSIERTER BESUCHER Ah.

AUTOR Ich bin der Autor von »Dr. Jonathan«.

INTERESSIERTER BESUCHER Ach so. Tut mir leid. *(geht weiter)*

AUTOR Ich möchte wissen, wozu ich eigentlich hier bin.

ASSISTENTIN LEKTORAT II Jeder Verlag braucht Autoren.

CHEFLEKTOR *(im Vorbeigehen)* Hallo, Herr Klötzenberger. Und, wie geht's? *(ab)*

ASSISTENTIN LEKTORAT II Ob Sie nachher auf dem Empfang dabeisein wollen?

AUTOR Ja. Nein. Ich?

ASSISTENTIN LEKTORAT II *(ruft nach hinten)* Herr Klötzenberger kommt auch.

ÄLTERE BESUCHERIN *(zum Autor)* Guten Tag, wissen Sie, wo die Toiletten sind?

AUTOR Die erste gescheite Frage, die ich heute gehört habe.

ÄLTERE BESUCHERIN *(erblickt einen 00-Pfeil)* Oh! *(eilig ab)*

ASSISTENTIN LEKTORAT II *(schaut auf die Uhr)* Herr Klötzenberger, Ihre Lesung.

AUTOR Ich habe doch schon gesagt, daß ich auf dieser Buchmesse nicht lese.

ASSISTENTIN LEKTORAT II Herr Klötzenberger!

AUTOR Mein »Dr. Jonathan« hat in so einer kommerziellen Welt nichts verloren.

ASSISTENTIN LEKTORAT II Dann lesen Sie halt was anderes. Hier steht ja genug herum. *(nimmt wahllos ein Buch aus dem Regal)* Aber wir müssen Ihren Lesungstermin einhalten. *(drückt dem Autor das Buch aus dem Regal in die Hand)*

AUTOR *(betrachtet das Buch)* »Artischockenstempeln«?

ASSISTENTIN LEKTORAT II Ja, wenn Ihnen Ihr Roman zu schade ist.

(Die Assistentin zieht den Autor hinter sich her bis zum »Wiener Café«, das auf dem Stand des Verlages aufgebaut ist. Auf den Stühlen haben sich bereits Zuhörer niedergelassen, fast alle mit Presseausweisen an den Revers.)

ASSISTENTIN LEKTORAT II *(zu den versammelten Zuhörern)* Das ist unser Romanautor, Herr Klötzenberger. Also ein typischer Autor, sehr schwierig, aber eben deswegen sehr gut. Herr Klötzenberger wird jetzt eine Dichterlesung …

FEUILLETONCHEF NEUE OSNABRÜCKER Wie lange dauert das?

LITERATUR UM 6, SSF Wir haben nämlich noch eine Neuentdeckung Lyrik an Stand 411.

10

ASSISTENTIN LEKTORAT II *(sehr gewinnend)* Keine zehn Minuten. *(sieht in die Runde)* Keine fünf Minuten.

FEUILLETONCHEF NEUE OSNABRÜCKER Zu lang.

ASSISTENTIN LEKTORAT II Also schön. Ganz kurz. Herr Klötzenberger, bitte ganz kurz. Sie sehen ja, die Herren, die vielen Stände, na, Sie wissen ja. *(räumt das Feld)*

AUTOR *(schlägt das Buch auf, atmet tief und liest)* »Man nehme eine halbe Artischocke und …«
(Die Zuhörer stehen auf.)

LITERATUR UM 6, SSF *(zur Assistentin Lektorat II)* Wirklich sehr interessant. *(verläßt eilig den Stand)*

FEUILLETONCHEF NEUE OSNABRÜCKER *(zur Assistentin Lektorat II)* Der Mann hat Talent. *(geht hastig zum nächsten Stand)*

BUCHHÄNDLER Da kaufe ich gleich einmal 60 Stück.

AUTOR Von »Dr. Jonathan«?

BUCHHÄNDLER Von »Artischockenstempeln leichtgemacht«. Signiert natürlich.

ASSISTENTIN LEKTORAT II Die haben wir sogar vorrätig. *(holt einen Stapel Bücher und gibt ihn dem Autor)*

BUCHHÄNDLER Ich hole sie dann nachher ab. *(winkt und geht)*

ASSISTENTIN LEKTORAT II Gerne. – *(entzückt)* Eine der größten Buchhandlungen Süddeutschlands. *(gibt dem Autor einen Stift)*

AUTOR Ach!

ASSISTENTIN LEKTORAT II Und Sie dürfen signieren. Die hat nämlich unser Ratgeber-Computer geschrieben. *(legt dem Autor die 60 Bücher hin)*

AUTOR Aber …

ASSISTENTIN LEKTORAT II Ja, alles kann man nicht haben, Herr Klötzenberger. Entweder signieren oder das eigene Buch.

CHEFLEKTOR *(kommt vorbei)* Hallo, Herr Klötzenberger, wie geht's? *(ab)*

Der Autor stöhnt, setzt sich hin und signiert resigniert: »Klötzenberger«, »Klötzenberger«, »Klötzen…« Ende.

Minidrama

Schauplatz: Bühne
Personen: A, B

Vorhang auf.

A   Dies ist ein Minidrama. Sie müssen sich kurz fassen.
B   Ich sage doch gar nichts.
A   Gar nichts ist auch wieder falsch.
B   Was soll ich denn sagen?
A   Das war schon genug.

Vorhang.

Literarisches Quartett im Net

MARCEL Ich weigere mich, das Werk eines Computers zu besprechen.

SIGRID Wir können uns vor der Zukunft doch nicht einfach verschließen.

HELLMUTH Im übrigen ist der Faust 6, ebenso wie Faust 3 bis 5, die das Programm »Weimarer Klassik« erstellt hat, hervorragend.

SIGRID Viel besser als Faust 2.

MARCEL Das gibt es nicht!

SIGRID Sie haben das Werk offenbar nicht einmal gelesen.

MARCEL O doch, meine Teure, ich habe das Werk durchaus gelesen. Es trägt die typischen Zeichen eines durch einen Computer erstellten sogenannten Kunstwerks. Es ist zwar perfekt im Stile Goethes geschrieben, aber es fehlt ihm die Seele.

HELLMUTH Das bilden Sie sich ein.

MARCEL Ich bilde mir grundsätzlich gar nichts ein, sondern habe recht.

SIGRID Sie werden doch wenigstens den immensen Einfallsreichtum, mit dem das Programm »Weimarer Klassik« den Faust 6 erstellt hat, anerkennen.

MARCEL So ein Programm, Liebste, kombiniert aus dem Werk Goethes, das ihm Wort für Wort eingegeben wurde, irgend etwas zusammen, und das nennen Sie dann Literatur.

HELLMUTH Es kombiniert nicht irgend etwas zusammen. Sie vergessen, daß die Software auch den genetischen Code Goethes enthält. Goethe lebt in einem Chip weiter, und das Bemerkenswerte ist: Er entwickelt sich und seine Dichtkunst jede Minute weiter.

MARCEL Ha!

HELLMUTH Weil das Programm sein bisheriges Werk laufend hochrechnet.

SIGRID Ich verstehe nicht, warum Sie sich gegen elektronisch erzeugte Literatur derart sperren. Dichtung und Sprache haben in Zukunft nur eine Chance, wenn sie überleben wollen.

HELLMUTH Genau.

MARCEL Ach was?! Welche denn?

SIGRID Hochentwickelte Textverarbeitungsprogramme, die schreiben und die Sprache pflegen, die der Mensch im Zeitalter der Visualisierung immer mehr verlernt.

HELLMUTH Und hochentwickelte Leseprogramme lesen, was diese Textverarbeitungsprogramme schreiben.

MARCEL Das ist doch grotesk. Sprache, die sich nur in Computern vermehrt und nur von Computern rezipiert wird.

HELLMUTH Besser, die Sprache überlebt in einer Art Festplattenreservat als überhaupt nicht.

MARCEL Wieso überhaupt nicht?

SIGRID Menschliche Kommunikation, Verehrtester, heißt doch heutzutage, im Internet herumsurfen, aber nicht, eine gewählte Sprache sprechen oder gar lesen.

HELLMUTH In 77 Komma 5 Jahren soll der Mensch gar nicht mehr sprechen können.

MARCEL Sie lesen viel zuviel »Spiegel«!

SIGRID Und Sie müssen sich endlich der Realität stellen. Fassen Sie sich doch an.

MARCEL Ich wünschte, Sie würden das einmal für mich übernehmen, Liebste.

SIGRID Wenn Sie sich an der Nase zögen, dann würden Sie

bemerken, daß Sie im Moment nur in einer virtuellen Realität existieren.

MARCEL Was?

HELLMUTH Eben.

SIGRID Ihr Wissen und Ihre Kombinationsfähigkeit sind längst in das Literaturkritikprogramm eingegeben, das diese Unterhaltung erzeugt.

HELLMUTH Da hat sie absolut recht. Wir sprechen hier nur in einem virtuellen literarischen Quartett. Wir sind ein Literaturkritikprogramm, das für Dichtungsprogramme wie »Weimarer Klassik« abläuft, die sich dadurch verbessern können. Mehr nicht.

MARCEL Also, Kinder, ich weigere mich strikt, virtuell zu sein.

STUDIOGAST Gegen das Computerzeitalter sind selbst Sie machtlos.

MARCEL Kaum läßt man die Studiogäste zu Wort kommen, schon hört man eine Gegenmeinung. Aber Sie täuschen sich, lieber Gast. Ich bin nie machtlos.

STUDIOGAST O doch. Zum Beispiel gegen die Schlußfloskel dieser Sendung. Sie ist Ihnen eingespeichert, und Sie müssen sie jedesmal wie ein Automat sprechen.

MARCEL Ha! Auf eine derartige Behauptung habe ich wirklich nur eines zu erwidern, Freunde: Wir sehn betroffen den Vorhang zu und alle Fragen offen.

Dunstabzug

Der Schriftsteller W. behauptete, sein großer Roman »Wolfszeit«, den die Öffentlichkeit händeringend erwarte und an
dem er seit über 41 Jahren arbeite, bliebe nur deswegen un-
vollendet, weil seine Frau ihn aus dem Konzept gebracht
habe. Durch das permanente Klappern von Tellern und Tas-
sen in der Küche, das Hacken und Schnetzeln und besonders
das Geräusch der Dunstabzugshaube sei es ihm vollkommen
unmöglich, an seinem großen Roman »Wolfszeit« weiterzu-
arbeiten oder auch an irgendeinem anderen Werk, weil er,
selbst wenn es in der Küche nicht klappere, hacke oder
schnetzle oder die Dunstabzugshaube nicht an sei, das Klappern, Hacken und Schnetzeln und natürlich die Dunstabzugshaube höre, seine Frau, die ihn seit über 41 Jahren
permanent bekoche, habe also jene empfindliche kreative
Aufregung in ihm zerstört, die für seine Arbeit unerläßlich
sei, weshalb er seinen Roman im Grunde nur vollenden
könnte, wenn er seine Frau umbrächte, ja nur durch ihre
komplette Auslöschung könne er das sein, was er eigentlich
sei, nämlich ein Schriftsteller. Er schrecke jedoch vor diesem
letzten Schritt aus Gründen, die ihm selbst noch unbegreif-
lich seien, zurück.

Die Wernissasche

1. Szene: Villa der Döverkamps

Umkleidezimmer. Herr und Frau Döverkamp ziehen sich um, er legt einen dunklen Anzug an, sie ein Seidenkleid.

HERR DÖVERKAMP *(unwillig, während er sich die Krawatte bindet)* Was ist da los?

FRAU DÖVERKAMP Frau Brinkmann stellt Fotos aus.

HERR DÖVERKAMP Ach was! Die Frau vom Bürgermeister?

FRAU DÖVERKAMP Deswegen gehen wir ja hin, Paul.

HERR DÖVERKAMP Ich seh' zu, daß ich bessere Konditionen für meine 500 000 Festgeld bekomme. Bin mal gespannt.

FRAU DÖVERKAMP Bist du fertig?

HERR DÖVERKAMP Ja doch.
(Sie verlassen das Haus. Döverkamp macht das Licht aus.)

2. Szene: Sparkasse Werningdorf

Spiegelnder, frischgetünchter Schalterraum mit nagelneuer Einrichtung. An den Wänden aufwendig gerahmte Fotografien. Zahlreiche Gäste in festlicher Kleidung. Hinter einem Rednerpult der Bankdirektor.

BANKDIREKTOR So ist es mir eine ganz besondere Ehre, heute abend Frau Brinkmann und Herrn Bürgermei-

ster Brinkmann begrüßen zu können. Womit könnte unsere neue Schalterhalle würdiger eingeweiht werden als mit den hochinteressanten Fotografien, die Sie, liebe Frau Brinkmann, auf Ihrer Indienreise machten.
(Frau Brinkmann nickt dankend.)

BANKDIREKTOR Diese sind nicht nur künstlerisch ein Genuß, obwohl Sie nur zehn Tage in Indien waren, sondern zeigen auch das Elend in diesem Land, als wären wir selbst vor Ort.
(Applaus.)

BANKDIREKTOR Leprakranke und hungernde Menschen, direkt aus dem Leben gegriffen, Momentaufnahmen, die Sie, liebe Frau Brinkmann, uns nur deshalb zeigen können, weil Sie aufgrund der internationalen Beziehungen Ihres Gatten, unseres verehrten Bürgermeisters Brinkmann, hinter die Kulissen dieses Landes schauen konnten. Welche Eindrücke mußten Sie haben, als Sie aus dem »Kalkutta-Hilton« eine Woche lang morgens direkt hinaus in die Elendsquartiere fuhren, um für uns diese Aufnahmen zu machen, die wir nun hier an den Wänden der neuen Schalterhalle 2 bestaunen dürfen. Schreckliches Elend brillant fotografiert, ja geradezu professionell.

HERR DÖVERKAMP *(zischt mißgelaunt zu seiner Frau)* Hast du den Berger gesehen?

FRAU DÖVERKAMP Pst!

HERR DÖVERKAMP Wegen dem Zinssatz muß ich den sprechen.

BANKDIREKTOR Treten wir vor die Fotos und schauen wir hin, wie es auf der Welt zugeht, wieviel Schrecklichkeit und Elend es gibt, wodurch eine künstlerisch interessante Spannung zu unserer neuen Schalterhalle aus Carraramarmor entsteht, die ich mit diesen interessanten Bildern aus einer der ärmsten Städte unserer Welt ihrer Bestimmung übergeben möchte. *(tritt vom Pult zurück und übergibt an den Bürgermeister, der daraufhin hinter das Pult tritt)*

BÜRGERMEISTER *(ohne Engagement)* Hiermit erkläre ich die Ausstellung meiner Frau »Elend Kalkutta 97« und die neue Schalterhalle der Sparkasse Werningdorf für eröffnet.

(Applaus. Bürgermeister tritt zurück, der Bankdirektor tritt noch einmal kurz hinter das Pult.)

BANKDIREKTOR *(zu den Gästen)* Zu Ihrer Information: Im Nebenraum steht für Sie ein Buffet bereit, das wir aus dem echt indischen Restaurant »Delhi« haben bringen lassen. Aber nun, viel Spaß und guten Appetit!

(Applaus. Ansteigender Geräuschpegel.)

HERR DÖVERKAMP Gott sei Dank! *(sieht sich um)* Wo ist denn dieser Berger? *(entfernt sich etwas)*

FRAU DÖVERKAMP Jetzt guck dir doch lieber die Bilder an. *(sieht einige Fotos an)* Gott, ist das schrecklich!

FRAU WEBER *(kommt von hinten und tippt Frau Döverkamp auf die Schulter, tiriliert)* Guten Abend.

FRAU DÖVERKAMP Ach, guten Abend, Frau Weber. *(deutet auf die Bilder)* Schrecklich, nicht?

FRAU WEBER Ja, fürchterlich und so schmutzig. *(schaut flüchtig auf die Bilder)*

FRAU DÖVERKAMP Daß da überhaupt Leute wohnen können!

FRAU WEBER Aber hochinteressant.

(Ein indischer Diener kommt mit einem Tablett.)

FRAU WEBER *(schaut hochinteressiert auf das Tablett)* Oh, was ist denn das?

DIENER Indischer Jhinga. Krabbenbällchen.

FRAU WEBER Oh, das probiere ich gern. *(greift zu und schiebt einen Happen in den Mund)* Hm! Köstlich!

FRAU DÖVERKAMP *(neugierig)* Was ist denn das?

FRAU WEBER Solche Krabbenbällchen.

FRAU DÖVERKAMP *(greift zu)*

HERR DÖVERKAMP *(kommt zurück)* 'n Abend, Frau Weber, haben Sie Herrn Berger gesehen?

FRAU DÖVERKAMP Paul, probier doch mal die Bällchen. *(nimmt sich noch eines vom Tablett)*

HERR DÖVERKAMP Was für Bällchen?

FRAU DÖVERKAMP Indisch.

HERR DÖVERKAMP *(verzieht das Gesicht)*

BANKDIREKTOR *(kommt hinzu)* Guten Abend.

FRAU DÖVERKAMP Oh, Herr Direktor. *(Allgemeine Begrüßung.)*

FRAU WEBER Guten Abend, Herr Direktor.

HERR DÖVERKAMP *(zum Direktor)* Haben Sie Berger gesehen?

FRAU DÖVERKAMP *(zu ihrem Mann)* Jetzt hör doch mal auf.

HERR DÖVERKAMP *(ohne sie zu beachten)* Es geht um den Zinssatz bei 500000.

BANKDIREKTOR *(hellhörig)* Oh, da schicke ich ihn gleich einmal. *(späht in der Menge nach Berger)*

FRAU DÖVERKAMP *(schaut ein Bild an)* Aber schrecklich, Direktor, ist das nicht schrecklich?

BANKDIREKTOR *(abwesend, hält Ausschau in der Menge)* Ja, ja, furchtbar, so viel Elend. *(ruft)* Berger!

HERR WEBER *(kommt hinzu, zum Direktor)* Sehr gute Idee, einmal solche Bilder zu zeigen.

BANKDIREKTOR *(während er nach Berger schaut)* Da sieht man, wie gut's einem geht. *(Dezentes Lachen. Allgemeine Belustigung, während Herr Berger hinzukommt.)*

BANKDIREKTOR Da sind Sie ja! Herr Döverkamp sucht eine Möglichkeit für 500000. Ich denke, da können wir was machen. *(zu Döverkamp und den Damen im Wei- tergehen)* Und viel Vergnügen noch.

BERGER *(zum Direktor)* Aber gerne. *(wendet sich Herrn Dö- verkamp zu)* Gefällt es Ihnen?

HERR DÖVERKAMP Was?

BERGER Die Ausstellung.

HERR DÖVERKAMP Ach so, sehr schön. Ich suche eine An- lage für 500000, aber mehr als vier Prozent, gell?

HERR WEBER *(kommt hinzu, zu Döverkamp)* Hallo, Paul. *(zu Berger)* Guten Abend, Herr Berger.
(Döverkamp und Berger nicken.)

HERR WEBER Habt ihr schon die Leprastation gesehen? Toll! Einmalig! Mit einem Teleobjektiv aufgenommen. – Geben Sie ihm ruhig mal 4,5 Prozent, Berger. *(lacht)* Tschau, meine Lieben, haben heute abend noch eine Vernissage in Piesenham. *(legt Döverkamp jovial die Hand auf die Schulter, wendet sich dann seiner Frau zu. Döverkamp und Berger ziehen sich etwas zurück.)*

FRAU WEBER *(zu den anderen)* Viel Vergnügen noch. *(nimmt sich von einem Tablett, das ein Diener vorbei- trägt, sieben Krabbenbällchen)* Schon allein wegen die- ser Bällchen würde ich bleiben, aber ich muß. *(Die Webers sind dabei, zu gehen, da kommt Frau Brinkmann hinzu. Herr Weber, ohne sie zu sehen, ab.)*

FRAU WEBER *(schiebt gerade ein Krabbenbällchen in den Mund)* Oh, die Künstlerin!

FRAU BRINKMANN *(eitel)* Na ja.

FRAU WEBER Nichts untertreiben! *(schiebt das nächste Bäll- chen in den Mund)*

FRAU DÖVERKAMP Also hochinteressant, Frau Brinkmann, so viel Elend, also so viel Dreck und Armut. Und Schmutz. Ganz tolle Aufnahmen.

FRAU BRINKMANN Danke, danke.

FRAU WEBER Wie haben Sie denn das ausgehalten?

FRAU BRINKMANN Ja, mein Gott, man muß sich eben auch manchmal zusammennehmen können.

FRAU DÖVERKAMP *(baff)* Toll!

FRAU BRINKMANN Wir hatten da einen indischen Fahrer, der uns jeden Morgen um sechs in die Elendsquartiere gefahren hat.

FRAU WEBER So früh schon! Da wäre ich ja noch nicht einmal wach.

(Gelächter.)

HERR WEBER *(kommt zurück, sieht Frau Brinkmann zunächst nicht)* Isabella, wir müssen gehen. Oh, Frau Bürgermeister!

FRAU BRINKMANN *(hält ihm die Hand zum Handkuß hin)* 'n Abend. – Ja, es war nicht leicht, aber wenn man weiß, daß man durchhalten muß.

FRAU DÖVERKAMP *(seufzt)* Ja, durchhalten, das ist es.

FRAU BRINKMANN Der Termin für die Ausstellung stand ja schon lange fest. Aber die Leprastation hat mir sehr geholfen, so daß ich an einem Tag wirklich die schlimmsten Fälle sehen konnte.

FRAU WEBER Wahnsinn! Haben Sie da auch etwas gespendet?

FRAU BRINKMANN *(blockt sofort ab)* Nein, nein, das wollen die gar nicht.

FRAU WEBER Ach was!? Die brauchen kein Geld?

FRAU BRINKMANN Doch. Aber die wollen das nicht. Nein, nein. *(sieht woandershin)* Oh, ich muß weiter. Schönen Abend noch.

FRAU WEBER UND DIE ANDEREN Danke.

HERR DÖVERKAMP *(kommt bester Laune zurück)* Die Bällchen sind wirklich gut.

FRAU WEBER *(tiriliert)* Nicht?

(Die Webers ab.)

HERR DÖVERKAMP *(deutet auf ein Foto an der Wand)* Tolles Bild! Toll. Wirklich toll. Und dieses Gesicht. *(schiebt ein Bällchen in den Mund)*

FRAU DÖVERKAMP Der lebt nicht mehr.

HERR DÖVERKAMP Was?

FRAU DÖVERKAMP *(sieht auf das Bild)* Der ist verhungert.

HERR DÖVERKAMP Ach was. *(mit vollem Mund)* Schade, hätt' es sonst gern gekauft fürs Geschäft.

FRAU DÖVERKAMP Und was ist mit Berger?

HERR DÖVERKAMP *(freudig)* Fünf Komma fünf Prozent.

FRAU DÖVERKAMP Hui!

HERR DÖVERKAMP Hat sich also doch gelohnt, das Elend von Kalkutta.

FRAU DÖVERKAMP Siehst du, ich sage dir ja, man muß unter die Leute gehen.

(Die Döverkamps verschwinden in der sich bei Häppchen und Champagner bestens unterhaltenden Menge.)

Ende.

Kunstmüll

RICHTER Es geht hier nicht darum, daß Sie einen Mülleimer geleert, sondern ein Kunstwerk zerstört haben, Angeklagte.

FRAU STROBEL Des kann isch doch net wisse.

ANWALT FRAU STROBEL *(zu Frau Strobel)* Ich habe Ihnen schon hundertmal gesagt, Sie sollen den Mund halten. – Hohes Gericht. Meine Mandantin hat als Raumpflegerin des Museums für zeitgenössische Kunst das Ausstellungsobjekt leider nicht als solches identifizieren können, da es sich von einem normalen Mülleimer durch nichts unterschied.

ANWALT MUSEUM Aber ich bitte Sie, Herr Kollege, der Mülleimer des Künstlers Joseph Joseph, also die »Verinnerlichung«, enthielt einen völlig anderen Müll als ein normaler Müllmülleimer.

ANWALT FRAU STROBEL Nicht an diesem Tag.

RICHTER Bitte, Herr Sachverständiger.

SACHVERSTÄNDIGER Ich möchte hier mal generell zu der Frage Dreck in der Kunst Stellung nehmen.

RICHTER Später, Herr Sachverständiger.

SACHVERSTÄNDIGER Gerne.

FRAU STROBEL Da war e Semmel drin un …

ANWALT FRAU STROBEL *(zischt sie an)* Pst! – In dem Mülleimer, also dem Kunstwerk des Herrn Joseph Joseph, befand sich neben der regulären, also der Kunstsemmel, den fünf Papiertaschentüchern, also Kunstpapiertaschentüchern, und dem, pardon, Kunstkondom, Hohes Gericht, nämlich noch eine Coladose, welche

25

originär – das gebe ich zu bedenken – nicht zum Kunstwerk gehörte!

FRAU STROBEL Was?

RICHTER Danke. – Herr Sachverständiger, ich glaube, Sie sollten jetzt doch einmal zum Thema Dreck in der Kunst Stellung nehmen.

SACHVERSTÄNDIGER Gerne, Herr Vorsitzender. Nun, womit haben wir es beim Inhalt des Kunstwerkes »Verinnerlichung« des Künstlers Joseph Joseph zu tun? Natürlich mit keinem gewöhnlichen Müll, wie wir ihn in jedem Mülleimer finden. Müll ist nicht Müll, sagte Joseph Joseph 1972 bei einer seiner Ausstellungen auf einer Sondermüllhalde in Lippe-Detmold und sprach selbst höchst treffend von Bedeutungsdreck. Und genau dies ist es, womit wir es bei der »Verinnerlichung« zu tun haben. Müll als entmystifizierende Trivialisierung abendländischer Kunst schlechthin. Raffael, Michelangelo, Tizian, sind sie nicht alle in diesem Kunstmüllmülleimer verinnerlich...

RICHTER Verzeihung, Herr Sachverständiger, konnte die Angeklagte in ihrer Funktion als Raumpflegerin den Inhalt des Mülleimers »Verinnerlichung« vom Inhalt eines gewöhnlichen Mülleimers, also eines Mülleimermülleimers, unterscheiden?

SACHVERSTÄNDIGER Mit Sicherheit. Ich erinnere nur an die kunstvolle Aufschichtung der fünf Tempotaschentücher oder an das Kunstkondom, das in einer einzigartigen Verdrehung des Materials im Kunstmüllmülleimer plaziert war. Gerade durch diese Verdrehung hätte einer erfahrenen Raumpflegerin, wie es Frau Strobel ist, sofort auffallen müssen, daß es sich um ästhetischen Müll handelt.

FRAU STROBEL Was is?

ANWALT FRAU STROBEL Ich gebe nochmals zu bedenken,

26

daß die Coladose nicht zum Kunstwerk gehörte, Herr Vorsitzender, sondern offenbar von Museumsbesuchern in Unkenntnis des Kunstobjekts in dem Kunstobjekt deponiert beziehungsweise in dasselbe hineingeworfen wurde.

ANWALT MUSEUM Und ich gebe zu bedenken, daß Frau Strobel bereits siebzehn Jahre als Putzfrau …

FRAU STROBEL Halt! Des is diskriminent!

RICHTER Ich bitte, diskriminierende Berufsbezeichnungen der Frau Strobel zu vermeiden, Herr Anwalt.

ANWALT MUSEUM Selbstverständlich. Ich gebe also zu bedenken, daß Frau Strobel bereits siebzehn Jahre als Raumpflegerin des Museums für zeitgenössische Kunst tätig war. Da hätte sie doch wissen müssen, daß in einem modernen Museum nicht nur bei den Toilettenpinseln mit Kunst zu rechnen ist.

ANWALT FRAU STROBEL Das Ausstellungsobjekt »Verinnerlichung« stand doch zum erstenmal im Raumpflegeeinzugsbereich meiner Mandantin.

ANWALT MUSEUM Na und!

FRAU STROBEL Dreck is Dreck.

SACHVERSTÄNDIGER Das ist der Gipfel!

RICHTER Es ist nicht Ihre Aufgabe, Beklagte, hier Wertungen über Schlüsselwerke der modernen Kunst vorzunehmen. Schon gar nicht in pauschalierender Weise.

FRAU STROBEL *(zu ihrem Anwalt)* Was sacht der?

ANWALT FRAU STROBEL Sie sollen still sein!

ANWALT MUSEUM Eines läßt sich aber doch auf jeden Fall festhalten, Hohes Gericht: daß die Frau Strobel an dem Tag, an dem sie das Kunstwerk »Verinnerlichung« irreversibel zerstört hat, offenbar nicht mit der nötigen geistigen Konzentration gearbeitet hat, die gerade in ihrem Beruf unerläßlich ist.

ANWALT FRAU STROBEL Ich finde es geradezu menschen-
verachtend, was die Gegenpartei meiner Mandantin
unterstellt. Frau Strobel reinigt seit über siebzehn Jahren zur vollsten Zufriedenheit Raum 175 bis 235 des
Museums für zeitgenössische Kunst und hat in dieser
Zeit noch kein einziges Kunstobjekt durch Mangel an
Geistespräsenz beschädigt.

ANWALT MUSEUM Das wollen wir einmal dahingestellt sein
lassen.

ANWALT FRAU STROBEL Nicht einmal die Installation
»Putzstreifen auf Linol«, die im Rahmen einer Leih-
gabe an das Guggenheim-Museum 1984 nur knapp
einer Bohnerwachsmaschine entging.

RICHTER Danke, meine Herren. Sonst noch irgendwelche
Fragen an die Beklagte?

BEIDE ANWÄLTE *(ohne sich anzuschauen)* Nein!

RICHTER Ich darf dann bitten, die Anträge zu stellen. – Bitte
sehr.

ANWALT MUSEUM Im Namen meiner Mandantin, des Museums für zeitgenössische Kunst, stelle ich fest, daß die
Beklagte, Frau Strobel, das Kunstwerk »Verinnerlichung« eines der wegweisenden Künstler der Moderne irreversibel beschädigt hat. Damit nicht genug,
Frau Strobel hat den Kunstmüll des Kunstmüllmüll-
eimers »Verinnerlichung« durch die auf dessen Entleerung folgende Entsorgung im Restmüllcontainer der
städtischen Müllverbrennung Lübendippe anheimge-
geben! Da es sich um eines der Schlüsselwerke der
Moderne handelt, ist der dem Museum durch die
Kunstmüllentsorgung auf der Basis der verantwor-
tungslosen Unachtsamkeit der Frau Strobel entstan-
dene Schaden zwar kaum mit Zahlen zu beziffern, er
beläuft sich aber, wenn man die Anschaffungskosten

zugrunde legt, auf mindestens 280 000 DM. Ich beantrage deswegen, die Beklagte zu einem Schadensersatz in der genannten Höhe zu verurteilen. Vielen Dank. *(setzt sich bedeutungsvoll)*

FRAU STROBEL Is der nimmi ganz sauwa?

ANWALT FRAU STROBEL Hohes Gericht, kann man eine Coladose in einem Normalmüllbehältnis von einer Coladose in einem Kunstmüllmüllbehältnis unterscheiden? Könnten Sie es? Könnte ich es? Wohl kaum. Ist es deswegen nicht geradezu unverantwortlich, daß wir es Frau Strobel zumuten? Daß wir die Schuld an der nur durch die fälschlicherweise im Kunstwerk plazierte Coladose ausgelösten Entleerung des Kunstmüllmüllleimers, der durch diese Coladose als solcher ja nicht mehr erkenntlich war, meiner Mandantin geben, die zu den sozial Schwachen in unserem Lande zählt? War es nicht gerade Frau Strobel, die durch ihren untrüglichen Sinn für Sauberkeit unser Museum für zeitgenössische Kunst über siebzehn Jahre lang erhalten hat?

FRAU STROBEL *(schluchzt)* Wie schee Sie des sage.

ANWALT FRAU STROBEL Nein, Hohes Gericht, diese Frau sollten wir nicht anklagen, weil sie ein Kunstmüllmüllbehältnis entleert, sondern verehren, weil sie unser unverzichtbares Museum für zeitgenössische Kunst rein gehalten hat. Ohne meine Mandantin keine Ausstellungsfläche für die Meilensteine der modernen Kunst, Hohes Gericht. Ja, ich sage es ohne Zweifel: Ohne Frau Strobel keine »Verinnerlichung«. Deswegen erscheint es mir nicht nur rechtlich zwingend, sondern auch vom ethischen Standpunkt unverzichtbar, meine Mandantin freizusprechen.

FRAU STROBEL Sie verstehe was von Dreck. Da könne sich die annere einpacke.

(Das Gericht zieht sich zur Beratung zurück, Vorsitzender zerbricht sich 7 Stunden im Nebenraum den Kopf und kehrt zurück.)

RICHTER Im Namen des Volkes ergeht folgendes Urteil. Die Beklagte ... *(ein Gerichtsdiener eilt herbei und gibt dem Richter ein Handy)* Da höre ich gerade über Funk, der Kunstmüll konnte von der vom Museum beauftragten Detektei Davies & Fetzer soeben auf einer Mülldeponie bei Bordeaux sichergestellt werden. Die fünf Papiertaschentücher, ich meine, Kunstpapiertaschentücher, die Kunstsemmel und das, pardon, Kunstkondom konnten sämtlich kurz vor der Verbrennung gerettet werden. Sie werden nun zur Restaurierung in einer Spezialmaschine nach Deutschland geflogen ...

FRAU STROBEL *(tritt nahe vor den Richter)* Sehe Se? Isch hab' glei gewißt, des renkt sich alles wieda ei. Isch weiß gar net, warum sisch gelehrte Leut oft so uffrege. Wos gar nix uffzurege gibt?

RICHTER Ja, also, ich bin da im Moment bezüglich des Strafmaßes, äh der Schadenshöhe etwas ratlos ...

FRAU STROBEL Awa warum dann, Herr Rischter? Wisse Se was? Isch putz' jetzt da herinn mol orndlisch dursch. Dann könne Se wieda uff klare Gedanke komme.

RICHTER *(schaut sie entgeistert an)*

FRAU STROBEL Höre Se uff. Isch nehm's Ihne doch net krumm. Woher dann?

RICHTER *(erhebt zögernd das Hämmerchen)* Die Verhandlung ist ...

FRAU STROBEL ... beendet. Schluß. *(nimmt dem Richter das Hämmerchen aus der Hand und haut auf den Tisch)* Aus. Sonst kann isch doch da herinn net orndlisch durschputze. *(stoßseufzt)* Im Name des Volkes! Leut gibt's! *(stellt die Herren Anwälte, Richter und Beisitzer beiseite und putzt einen deutschen Gerichtssaal einmal ordentlich durch)*

The end.

Frau am Steuer

Talkrunde in einem Fernsehstudio.

MODERATOR In unserer Diskussionsrunde heute abend die brandaktuelle Frage: »Fahren Frauen besser als Männer? oder: Frau am Steuer.« Ich begrüße zu diesem Thema im Studio den Verkehrsforscher Dr. Wolfbert Drängler, Detlef Schatzhaufen von der Pamenia-Versicherung und das Ehepaar Zwist, bei dem beide Partner Auto fahren. Stimmt das?

FRAU ZWIST Ja. ⎱

HERR ZWIST Nein. ⎰ *(zusammen)*

MODERATOR Äh? Ja. Herr Dr. Drängler, Sie haben soeben eine aufsehenerregende Studie zum Thema »Frau am Steuer« veröffentlicht.

DR. DRÄNGLER Jawohl. Die von mir angefertigte Studie mit 1597 Probantinnen hat ergeben, daß Frauen um 112 Prozent besser Auto fahren als Männer an vergleichbaren BAB-Strecken. Ich bin nämlich nicht frauenfeindlich.

MODERATOR Ah ja. Wäre das nicht ein Grund, die Versicherungsbeiträge für Frauen zu senken, Herr Schatzhaufen?

SCHATZHAUFEN Die Pamenia-Versicherung sieht in einer mangelnden Frauenfeindlichkeit keinen zwingenden Grund für eine Beitragssenkung.

MODERATOR Nein, nein. Ich meine die niedrigere Unfall-quote bei den weiblichen Fahrerinnen.

SCHATZHAUFEN Auch das ist kein Grund für eine Beitragssenkung.

FRAU ZWIST Und warum nicht?

HERR ZWIST Weil Frauen ein kleineres Gehirn haben!

FRAU ZWIST Haben Sie das gehört? Das ist unerhört. Ich lasse mich von meinem Ehemann in einer öffentlichen Sendung nicht verunglimpfen! Ich verlange, daß Sie das klarstellen.

MODERATOR Ja, ja.

DR. DRÄNGLER Die Gehirntätigkeit spielt beim Autofahren übrigens gar keine Rolle.

MODERATOR Was Sie nicht sagen!

DR. DRÄNGLER Nein.

HERR ZWIST Meine Frau weiß nicht einmal, wo die Lichthupe ist!

SCHATZHAUFEN Auch aus diesem Grund sehen wir keinerlei Anlaß, die Beiträge zu senken.

FRAU ZWIST Natürlich weiß ich, wo die Lichthupe ist.

HERR ZWIST Hexe!

FRAU ZWIST Wenn Sie meinen Mann nicht sofort zurechtweisen, verlasse ich das Studio! *(steht auf)*

MODERATOR Aber Frau Zwist, ich bitte Sie! Herr Zwist ...!

DR. DRÄNGLER Ich möchte nochmals betonen, daß ich nicht frauenfeindlich bin, Herr äh.

MODERATOR Was? Nein, nein. So bleiben Sie doch, Frau Zwist. Lassen Sie Ihre Frau doch in Ruhe, Herr Zwist.

HERR ZWIST Ich kann meine Frau beleidigen, solange ich will.

SCHATZHAUFEN Die Pamenia denkt bei weiblichen Versicherungsnehmern sogar an eine Beitragserhöhung.

MODERATOR Wie?

HERR ZWIST Bravo!

MODERATOR Sie sehen, liebe Zuschauer, wie emotionsbeladen das Thema Autofahren ist und wie schwer es ist ...

HERR ZWIST Schlampe!

MODERATOR ... wie schwer es ist ...

FRAU ZWIST Flegel!

MODERATOR Also bitte!

DR. DRÄNGLER Ich bin aber nicht frauenfeindlich, gell?!

MODERATOR Was? – Äh ... lassen Sie uns zum Schluß dieser Sendung zu einer, äh, ganz persönlichen Frage ... *(wühlt in seinem Manuskript)* Jetzt habe ich sie ver..., nein, da ist sie: Würden Sie, liebe Studiogäste, in eine Limousine einsteigen, an deren Steuer Ihre Ehefrau sitzt? Herr Dr. Drängler, bitte.

DR. DRÄNGLER Typisch. Wenn man nicht frauenfeindlich ist, wird man unverzüglich für verrückt gehalten!

MODERATOR Und Herr Schatzhaufen?

SCHATZHAUFEN Wie ich bereits sagte: Eine Beitragssenkung kommt nicht in Frage.

MODERATOR Herr Zwist?

HERR ZWIST Flittchen!

MODERATOR Und Sie, Frau Zwist, würden Sie sich in ein Auto setzen, wenn Ihre Ehefrau chauffiert?

FRAU ZWIST Aber natürlich. Meine Frau ist vollkommen gleichberechtigt.

MODERATOR Sehr schön. Ich denke, ich danke, ich meine. Was heißt eigentlich BAB-Strecken? Guten Abend.

Programmänderung

Fernsehstudio.

ANSAGERIN Meine sehr verehrten Damen und Herren, aus technischen Gründen kann die für heute in den Programmzeitschriften angekündigte Liveübertragung des Mordes an dem Berliner Bauunternehmer Walter S. leider nicht live aus Berlin-Charlottenburg übertragen werden, wir senden dafür live die Ermordung der Agnes P. aus München-Giesing mit einer 8-Millimeter-Johanson-Lux. Wir bitten um Ihr Verständnis und wünschen Ihnen einen angenehmen Fernsehabend. Wir schalten nun um live nach München-Giesing. – Ich rufe meinen Kollegen Viktor Hohenkempner. Hallo, Viktor?

Bildwechsel.

Im Wohnzimmer von Hubert und Agnes P. in München-Giesing. Auf den Tischen auffällig viele Vasen. Der Moderator steht vor laufender Kamera im Wohnzimmer und spricht zu den Zuschauern.

REPORTER Ja, hallo, hier ist Viktor Hohenkempner, herzlich willkommen in München-Giesing. In diesem düsteren Viertel, das Sie schemenhaft in dem Fenster hinter mir wahrnehmen können, wird sich in wenigen Minuten eines der schrecklichsten Verbrechen der deutschen Fernsehgeschichte abspielen, und wir sind live dabei. Wir danken, wie immer, ganz besonders der Polizei, die sich, um diese Liveübertragung möglich zu machen, erst dann in den Fall einmischen wird, wenn der Mord tatsächlich geschehen ist. Es ist also nichts gestellt, sondern verläuft alles so, als wären wir, Sie vor den Bildschirmen und ich mit meinem Kamerateam, nicht dabei. Denn das ist unsere Bedingung: Es muß absolut lebensecht sein. Und hier sehen wir auch schon den sympathischen Mörder, Hubert P. Herr P., Sie hatten schon lange die Absicht, Ihre Frau umzubringen? *(hält ihm das Mikrofon vor den Mund)*

HERR P. Allerdings.

REPORTER Und warum, Herr P.? Könnten Sie uns das etwas näher schildern? Unsere Zuschauer möchten Sie gerne begreifen. Schließlich bringt man nicht einfach so einen Menschen um. *(hält ihm das Mikro vor den Mund)*

HERR P. *(wutschnaubend)* Die Agnes ist ein ganz mieses Weib.

REPORTER Aha. Sehr interessant. Und warum, Herr P.? Warum ist Ihre Frau ein mieses Weib?

HERR P. Liebhaber. Sie hat einen anderen. *(zertrümmert eine Vase)*

REPORTER Sehen Sie, liebe Zuschauer, wie dieser Mann vor Wut schnaubt? Wer bis heute geglaubt hat, unsere Morde seien gestellt, der wird jetzt eines Besseren belehrt sein. Diese Wut kann man nicht spielen. – Ihre Frau ist also fremdgegangen? *(hält ihm das Mikro vor)*

HERR P. Allerdings. *(zertrümmert eine weitere Vase)*

REPORTER *(in die Kamera)* Sehen Sie nur diese unbändige Wut, die sich natürlich gleich irgendwo entladen muß. Das ist keine gewöhnliche Wut, wie sie ich oder Sie, liebe Zuschauer, kennen. Das ist richtige Wut. Die Wut eines Mörders.

(Agnes P. kommt zur Wohnzimmertür herein.)

AGNES P. *(locker)* Ach, da seids ihr ja. *(zum Reporter)* Sie, aber daß mir das Honorar auch wirklich kriegen.

REPORTER Sie sehen, wie unwissend das Opfer ist. Es ahnt von nichts, liebe Zuschauer.

HERR P. Du alte Schlampe! *(wirft eine Vase nach seiner Frau)*

AGNES P. Geh, wart einmal, Hubert. *(zum Reporter)* Sie, Herr, Sie vom Fernsehen, daß mir das Honorar aber auch wirklich kriegen. 200000 haben wir ausgemacht.

REPORTER *(ohne auf sie einzugehen)* Ein absolut argloses Opfer, das nicht ahnt, daß es in nächster Minute umgebracht wird.

HERR P. Du glaubst wohl, wenn ich fremdgehe, kannst du auch fremdgehen, wie? *(haut seiner Frau eine runter)*

AGNES P. Du, gell, Hubert, umbringen haben wir gesagt, mit einer Pistole, aber nicht schlagen.

REPORTER *(in die Kamera)* Faszinierend, wie sich hier die Auseinandersetzung entwickelt. Beachten Sie bitte das Handgefecht, das die Voraussetzung für die sich in wenigen Minuten ereignende Bluttat sein wird.

AGNES P. *(schlägt zurück)* Hör auf, mich zu schlagen!

HERR P. Hure! *(schlägt sie und zieht die Pistole)*

REPORTER Eifersucht, die sich über Jahre angestaut hat, ist hier das Motiv, denn wie Sie schon aus unseren vorangegangenen Sendungen wissen: Kein Mord ohne Motiv. Hubert P. hat die Pistole in der Hand, liebe Zuschauer. Es ist eine 8-Millimeter-Johanson-Lux. Was tut er? Ja. Um Gottes willen. Er bedroht seine Frau Agnes. Um Gottes willen. *(versteckt sich hinter einem Sessel)* Bitte haben Sie Verständnis, wenn ich Sie diesen atemberaubenden Bildern schweigend überlasse, denn immerhin handelt es sich doch um ein Menschenleben. *(P. zielt mit der Pistole auf seine Frau und schießt, Agnes P. fällt um.)*

AGNES P. *(liegt blutend am Boden, stöhnt)* Krieg ma jetzt das Geld? Das Geld.

HERR P. Ich hasse dich.

AGNES P. Das Geld. Net, daß die uns die 200 000 nur versprochen haben, Hubert.

HERR P. *(schießt nochmals aus nächster Nähe auf seine Frau, die daraufhin reglos liegenbleibt)*

REPORTER *(leise hinter dem Sessel in die Kamera)* Spüren Sie diese ungeheure Brutalität, zu der dieser Mann fähig ist? Das geht ins Blut, das springt aus dem Geschehen auf einen über. Es ist erschütternd.

(Ein Martinshorn ertönt.)

REPORTER Und da höre ich auch schon einen Streifenwagen. Jawohl, Nachbarn müssen die Schüsse gehört und die Polizei verständigt haben, denn die chronische Eifersucht des Hubert P., die ihn dazu gebracht hat, Agnes P. heute abend, vor unseren Augen, live zu ermorden, war weithin bekannt.

HERR P. *(fällt weinend über seine Frau)* Das Geld.

REPORTER *(kommt hinter dem Sessel hervor und schaut routiniert gefühlsbewegt in die Kamera)* Und mit diesen ergreifenden Bildern von einem echten Mord aus tiefsten Gefühlen der Eifersucht, wie wir ihn wohl nur selten im deutschen Fernsehen miterleben dürfen, gebe ich zurück in unsere Sendezentrale, nach Köln. Ich hoffe, es hat Ihnen ein bißchen Spaß gemacht, und Sie sind wieder dabei, wenn es das nächste Mal heißt: Mordslive!

Leidenschaftlich

Eine Millionärin, die das ganze Jahr über zwischen der Metropolitan und den europäischen Opern- und Konzerthäusern hin- und herreiste und die nach jeder Vorstellung Unmengen von Blumen von einem extra dafür von ihr bezahlten Pagen auf die Bühne werfen ließ, hat eines Tages in einem Zeitungsinterview zur größten Verwunderung derer, die sie kannten, ganz offen und selbstverständlich mitgeteilt, daß sie die Blumen nach den Vorstellungen keineswegs aus Opernleidenschaft werfe, sondern einzig und allein, um Oper und Sänger endgültig und zwar weltweit zu vernichten. Es gebe nämlich nichts Fürchterlicheres als den Gesang, den sie seit ihrer frühesten Jugend, in der sie Woche für Woche mit ihren Eltern in die Oper habe gehen müssen, hasse und den sie wie nichts auf der Welt bekämpfe. Die Giftigkeit heutiger Schnittblumen, die alle verseucht und bis in die Blüte mit Spritz- und Düngemitteln verpestet seien, sei dazu das einfachste und beste Mittel der Welt.

Die Millionärin erhielt natürlich sofort in allen nur denkbaren Opernhäusern, ja selbst in Sprechtheatern, Varietés und einem Zirkus Hausverbot und Dutzende von Anzeigen wegen versuchten Mordes der, wie Blutmessungen ergaben, tatsächlich schon erheblich vergifteten Opernstars, die zum Teil seit Jahren mit den Blumen der Millionärin überhäuft worden waren und die Sträuße der Millionärin ihrer außergewöhnlichen Schönheit wegen, entgegen ihrer sonstigen Gewohnheit, Blumen weiterzureichen, stets nicht weitergereicht hatten.

Nachforschungen der Polizei ergaben übrigens, daß die

Millionärin, was die Millionärin stets verschwieg, in ihrer Jugend ein Konservatorium besucht und eine Gesangsausbildung absolviert hatte und keinen sehnlicheren Wunsch gehegt haben soll, als die Tosca zu singen. Sie war aber an allen Theatern von allen Dirigenten bei jedem Vorsingen wegen ihrer, wie es hieß, fehlenden Leidenschaftlichkeit auf das gröbste und brutalste hinausgeworfen worden.

GÄSTE
UND
EINBRECHER

Der Ausländer

Im Postamt. In den Boden eingelassen ein roter Strich, der die »Diskretionszone« zwischen Schalter und Warteschlange markiert. Schalterbeamtin sitzt hinter dem Schalter. Die Kunden stehen in einer Schlange vor dem Schalter an. Ein Kunde steht direkt vor dem Schalter, ist an der Reihe. Der Nächste steht mit einigem Abstand, tritt aber ein wenig über den roten Strich. Hinter dem Nächsten in der Schlange stehen die anderen Kunden in der Reihenfolge: Frau mit Einschreiben, Mann mit Stock und Paket, Frau mit Postsparbuch, Bayer mit Wertpaket.

SCHALTERBEAMTIN *(ruft)* Sie! Sie da! Nehmen Sie den Fuß von der roten Linie.

KUNDE AM SCHALTER Bitte?

SCHALTERBEAMTIN Nicht Sie. *(zeigt auf den Nächsten in der Reihe)* Sie!
(Der Nächste reagiert nicht.)

SCHALTERBEAMTIN Während Kunde A am Schalter bedient wird, hat Kunde B die Füße hinter der roten Markierung im Bodenbelag abzustellen.

FRAU MIT EINSCHREIBEN Heh. Sie. *(versucht mit ihrem Fuß die Füße des Nächsten zurückzuschieben)* Dann sind aber wir dran.

DER NÄCHSTE *(begreift nicht)*

FRAU MIT EINSCHREIBEN Das ist ein Ausländer.

MANN MIT STOCK UND PAKET Aus England.

FRAU MIT POSTSPARBUCH Haben die in England keine Diskretionszonen?

BAYER MIT WERTPAKET Und wie!

SCHALTERBEAMTIN Auf jeden Fall kann ich so nicht weiterbedienen. Solange der Herr den rechten Vorfuß in der Diskretionszone des gerade zu bedienenden Kunden hat.

KUNDE AM SCHALTER Hören Sie, es ist mir ganz einerlei, wo der Herr seinen Vorfuß hat.

SCHALTERBEAMTIN Laut Dienstanordnung haben Sie im Postamt während der Tätigung Ihrer Postgeschäfte Anspruch auf einen Quadratmeter Diskretionsraum.

KUNDE AM SCHALTER Herrgott, ich will keinen Diskretionsraum! Ich will zwei Einemarkmärkchen.

SCHALTERBEAMTIN Moment, ich sehe mal nach, was die Aufforderung zur Einhaltung der Diskretionszone auf englisch heißt. *(verläßt den Schalter und geht nach hinten)*

KUNDE AM SCHALTER Mein Gott!

FRAU MIT EINSCHREIBEN Please hold … discretionarea.

MANN MIT STOCK UND PAKET Nein, nein, nein.

FRAU MIT EINSCHREIBEN Was heißt hier »nein«?

FRAU MIT POSTSPARBUCH *(zum Nächsten)* Verstehen Sie nicht?

(Der Nächste lächelt verlegen.)

BAYER MIT WERTPAKET Diese Ausländer!

MANN MIT STOCK UND PAKET Ist denn hier niemand, der Englisch spricht?

FRAU MIT EINSCHREIBEN *(wendet sich beleidigt ab)* Pah!

MANN MIT STOCK UND PAKET Das gibt's doch gar nicht. Mitten in einem deutschen Postamt niemand, der Englisch spricht!

FRAU MIT POSTSPARBUCH *(geht um den Nächsten herum und betrachtet ihn)* Vielleicht ist es gar kein Engländer.

SCHALTERBEAMTIN *(kommt zurück)* Ich habe die Dienstanweisungsbroschüre mit den internationalen Mustersätzen zur Einhaltung von Diskretionszonen leider nicht aus dem Dienstschrank holen können, da der Amtsvorsteher gerade seine dienstlich vorgeschriebene Dienstruhezeit von zehn Dienstminuten pro Dienststunde nimmt.

(Der Nächste geht etwas über den roten Strich und wieder etwas zurück, berührt aber mit den Füßen immer noch den roten Strich im Boden.)

BAYER MIT WERTPAKET Haben Sie das gesehn?!

FRAU MIT EINSCHREIBEN Jetzt tun Sie halt endlich die Füße, foots, weg.

KUNDE AM SCHALTER Also, ich möchte jetzt unabhängig von den Füßen dieses Herrn zwei Einemarkmärkchen!

SCHALTERBEAMTIN Nein! *(verschränkt die Arme und setzt sich)* Nicht, solange Ihre Diskretionszone gestört ist.

KUNDE AM SCHALTER Meine Diskretionszone ist nicht gestört!

SCHALTERBEAMTIN Natürlich ist Ihre Diskretionszone gestört.

KUNDE AM SCHALTER Nein!

SCHALTERBEAMTIN Doch!

BAYER MIT WERTPAKET Dann halten S' den Herrn halt fest. *(Die Kunden tun es und ziehen alle gemeinsam den Nächsten hinter den roten Strich.)*

DER NÄCHSTE *(schreit auf)* Ah!

BAYER MIT WERTPAKET *(hält den Nächsten von hinten fest)* So, jetzt können S' Ihre Märkchen kaufen. Na los.

DER NÄCHSTE *(jault auf)* Ah!

KUNDE AM SCHALTER *(entsetzt über die Festhalteaktion)* Was ist denn das?

BAYER MIT WERTPAKET So geht's eben, wenn's um die Hoheitssphäre eines Kunden geht.

SCHALTERBEAMTIN *(zum Kunden am Schalter)* Sondermarken?

KUNDE AM SCHALTER Das ist unmöglich!

SCHALTERBEAMTIN Hildesheim?

KUNDE AM SCHALTER Was?

SCHALTERBEAMTIN Hildesheim ist auf den Einemarkson-dermarken.

KUNDE AM SCHALTER Wie der Herr da festgehalten wird.

MANN MIT STOCK UND PAKET Sie wollen doch zwei Ei-nemarkmarken und brauchen hier schon ewig!

DIE ANDEREN KUNDEN Bravo!

KUNDE AM SCHALTER Aber Sie können doch den Herrn nicht einfach festhalten!

BAYER MIT WERTPAKET Wer weiß, woher der kommt.

FRAU MIT EINSCHREIBEN Genau. Das ist vielleicht nicht einmal ein Engländer.

SCHALTERBEAMTIN Zwei Mark. *(gibt dem Kunden am Schalter die Marken)*

KUNDE AM SCHALTER Ich bin sprachlos. *(bezahlt geistesab-wesend)*
(Die anderen Kunden schubsen den Nächsten nun vor zum Schalter.)

BAYER MIT WERTPAKET *(zum Nächsten)* So, jetzt sind Sie dran.

DER NÄCHSTE *(steht nun vor dem Schalter und wendet sich auf einmal zum Kunden am Schalter, der vor ihm dran war)* Bitte räumen Sie meine Diskretionszone!
(Kurzes Staunen.)

BAYER MIT WERTPAKET Recht hat er. Also doch ein Deut-scher.
(Die Kunden lachen, der Kunde am Schalter entfernt sich kopfschüttelnd und fassungslos aus dem Postamt.)

Finis.

Zu Besuch

Herr Schneider ist zum Kaffee bei den Schmöllers eingeladen.
Man sitzt am reichgedeckten Kaffeetisch.

FRAU SCHMÖLLER Ich war in Venedig viermal!

HERR SCHMÖLLER Das stimmt doch gar nicht!

FRAU SCHMÖLLER Ich werde doch noch wissen, wie oft
ich in Venedig war. *(zu Herrn Schneider)* Das ist Johan-
nisbeertorte.

HERR SCHNEIDER *(sieht Frau Schmöller an)*

HERR SCHMÖLLER *(zu Herrn Schneider)* Ich war in Venedig
viermal, meine Frau dreimal.

FRAU SCHMÖLLER Wie kommst du denn darauf? Ich war
im »Danieli«, im »Bauer Grünwald«, im »Café Lavena«
und auf der Giudecca.

HERR SCHMÖLLER Das stimmt doch gar nicht. Auf der
Giudecca war ich.

FRAU SCHMÖLLER Wie kannst du denn so etwas behaupten?!

HERR SCHNEIDER Entschuldigung, ich müßte jetzt wirklich … *(schaut die Gastgeber ratlos an)*

HERR SCHMÖLLER Vorne links.

HERR SCHNEIDER *(irritiert)* Bitte?

FRAU SCHMÖLLER Ich werde doch noch wissen, ob ich auf
der Giudecca auf dem Klo war. Pardon, auf der Toilette, Herr Schneider.

HERR SCHNEIDER Ich müßte jetzt gehen.

HERR SCHMÖLLER *(zu Schneider)* Auf der Giudecca haben
wir uns den Magen-Darm-Infekt nämlich erst geholt.

HERR SCHNEIDER Ach was.

FRAU SCHMÖLLER *(lehnt sich an Schneider)* Hahaha! Deswegen kann ich doch auf der Giudecca mal für kleine Mädchen gewesen sein. Nicht wahr, Herr Schneider? Hahaha!

HERR SCHNEIDER Also, ich äh … *(schaut vollkommen verdutzt zwischen Herrn und Frau Schmöller hin und her)*

HERR SCHMÖLLER *(erbost)* Du warst aber nicht auf der Giudecca auf dem Klo. Weil ich auf der Giudecca auf dem Klo war.

FRAU SCHMÖLLER *(aggressiv)* Sag doch nicht immer Klo. Schließlich haben wir Besuch.

HERR SCHMÖLLER Na schön, dann war ich eben auf der Toilette. Aber ich war auf dem Klo. Nicht du.

FRAU SCHMÖLLER *(mondän)* Geradezu lächerlich! *(zu Schneider)* Kaffee?

HERR SCHMÖLLER Ich habe den Magen-Darm-Infekt nach den Muscheln jedenfalls zuerst gehabt.

FRAU SCHMÖLLER Ja, ja, er muß immer der erste sein.

HERR SCHMÖLLER *(laut)* Bei wem hat es denn im Bauch geblubbert? Wer konnte denn kaum noch …?

FRAU SCHMÖLLER Ja, ja, natürlich, du. Diese Bedeutungssucht, schrecklich. – Noch etwas Johannisbeere, Herr Schneider?

HERR SCHNEIDER *(entsetzt)* Was? Nein, nein, ich müßte jetzt …

FRAU SCHMÖLLER *(legt Schneider Kuchen nach)* Wenn wir unseren Gästen von unserer Italienreise erzählen, dann sollten wir auch darauf achten, daß es authentisch ist. Sahne?

(Schneider zieht angewidert den Teller weg, Frau Schmöller haut ungeachtet dessen einen Schlag Sahne auf seinen Teller.)

HERR SCHMÖLLER Authentisch. Authentisch. Ich erzähle nur Authentisches. Aber du weißt offenbar nicht einmal mehr, wann du wo auf dem Klo warst!

FRAU SCHMÖLLER Toilette, zum Kuckuck!

HERR SCHMÖLLER Ja doch!

HERR SCHNEIDER Pfui Teufel.

FRAU SCHMÖLLER Sagten Sie etwas? Im übrigen ist es geradezu lächerlich, was mir mein Mann unterstellt. Ich weiß genau, wann und wo ich die Toilette aufgesucht habe, aber er schmeißt alles durcheinander. Er hat sogar das Plumpsklosett von Assisi verwechselt.

HERR SCHMÖLLER *(brüllt)* Ich habe das Plumpsklosett von Assisi nicht verwechselt!

FRAU SCHMÖLLER *(brüllt)* Natürlich hast du das Plumpsklosett von Assisi verwechselt. Mit Pisa!

HERR SCHMÖLLER Du lügst!

HERR SCHNEIDER *(genervt)* Es ist doch wirklich nicht so wichtig, meine Herrschaften.

HERR SCHMÖLLER *(brüllt Schneider an)* Nicht wichtig!? Wenn mir meine Frau vorwirft, daß ich das Plumpsklosett verwechselt habe! Sie wissen offenbar überhaupt nicht, was Sie reden! Herr Schneider!

HERR SCHNEIDER *(weicht zurück)* Wie?

FRAU SCHMÖLLER *(souverän)* Da hat mein Mann recht. Eine Reisediarrhöe ist etwas Furchtbares, Herr Schneider.

HERR SCHNEIDER Ich möchte jetzt wirklich gehn. *(will aufstehen)*

FRAU SCHMÖLLER Aber wir wollten Ihnen doch noch die Bilder zeigen. Oder interessieren Sie Reiseerzählungen nicht?

HERR SCHNEIDER *(höflich gequält)* Doch. Doch.

FRAU SCHMÖLLER Na, sehen Sie. Mach doch mal das Licht aus.

(Herr Schmöller macht das Licht aus, sie macht den Diaprojektor an und zeigt Bilder.)

FRAU SCHMÖLLER Das ist die Toilette vom »Danieli«.

HERR SCHMÖLLER Die Herrentoilette!

FRAU SCHMÖLLER Und das ist Rainer, als er …

HERR SCHMÖLLER Das bin ich, als ich gerade …

(Herr Schneider ergreift mit einemmal die Flucht und rast aus der Wohnung, die Schmöllers schauen ihm verwundert nach.)

HERR SCHMÖLLER Was hat er denn?

FRAU SCHMÖLLER Keine Ahnung. Vielleicht fährt er lieber nach dem Norden.

HERR SCHMÖLLER Ach was! Überhaupt ein sehr eigenartiger Mensch. Er hat ja nicht mal seinen Kuchen gegessen.

FRAU SCHMÖLLER Tatsächlich. – Seltsam.

(Die Schmöllers sehen Schneider verständnislos nach. Fine.)

Partygespräch

SIE Und was sind Sie von Beruf?

ER Henker.

SIE Oh! Mögen Sie noch etwas Champagner?

Der Einbruch

*Salon in einem reich eingerichteten Stadtpalais. Ein Fenster ist
eingeschlagen. Der Einbrecher, keine 20 Jahre, steht verlegen
mit Einbruchwerkzeugen in Nähe des Fensters, Frau von Dönkel, eine resolute Siebzigjährige, mitten im Raum.*

FRAU VON DÖNKEL *(äußerst erbost)* Ich finde es wirklich
unerhört, daß Sie so einfach hier hereinplatzen.

EINBRECHER Aber ich ...

FRAU VON DÖNKEL Was Sie sind, ist mir ganz egal. Es geht
mir darum, daß alles einen gewissen Stil hat. Hören
Sie? Alles.

EINBRECHER Ich wollte bei Ihnen ...

FRAU VON DÖNKEL Einbrechen. Meinen Sie, das sehe ich
nicht? Also, jetzt gehen Sie mal raus. Na los, da zum
Fenster hinaus, wo Sie gerade erst eingestiegen sind.
Schnell doch.

(Einbrecher krabbelt perplex zum Fenster hinaus.)

FRAU VON DÖNKEL Und nun kommen Sie wieder herein,
aber stilvoll. Verzeihung, Frau von Dönkel, ich gehöre
leider zu den Menschen, mit denen es das Leben nicht
so gut gemeint hat wie mit Ihnen. Deswegen erlaube
ich mir, heute bei Ihnen einzubrechen.

*(Der Einbrecher schaut perplex und ist vollkommen ver-
wirrt.)*

FRAU VON DÖNKEL Also bitte. Kommen Sie!

EINBRECHER *(schaut zum Fenster herein)* Verzeihung, Frau
... wie heißen Sie?

FRAU VON DÖNKEL Von Dönkel.

EINBRECHER Verzeihung, Frau von Dönkel, ich gehöre leider zu den Menschen … bin ich bekloppt?

FRAU VON DÖNKEL Nun nicht gleich wieder ordinär werden, bitte. Sie versuchen, egal, was Sie gerade tun, einen gewissen Stil zu bewahren.

EINBRECHER Ich will Sie bestehlen.

FRAU VON DÖNKEL Aber ja doch! Meinen Sie, mir geht es um Geld? Oder Schmuck? Davon können Sie genug haben. Mir geht es darum, daß eine gewisse Kultur auf dieser Welt erhalten bleibt. Und nicht jeder herumproletet, wie er gerade will. Egal, was er tut. Also bitte …

EINBRECHER ?

FRAU VON DÖNKEL Junger Mann, Sie wissen doch gar nicht, wo der Tresor ist. Und was in diesem Haus wie wertvoll ist, das wissen Sie, so, wie Sie aussehen, gewiß auch nicht. Ich bin Ihnen nachher bei der Auswahl des Diebesguts behilflich, und Sie üben jetzt noch ein klein bißchen kultiviertes Benehmen. Können wir uns so einigen?

EINBRECHER *(starrt sie fassungslos an)*

FRAU VON DÖNKEL Schön. Also bitte: Ich gehöre leider zu den Menschen, mit denen es das Leben nicht so gut gemeint hat wie mit Ihnen. Deswegen erlaube ich mir, heute bei Ihnen einzubrechen.

EINBRECHER *(paralysiert)* Ich gehöre leider nicht …

FRAU VON DÖNKEL … zu den Menschen …

EINBRECHER … zu den Menschen, mit denen es … wer gut gemeint hat?

FRAU VON DÖNKEL Das Leben.

EINBRECHER … das Leben gut gemeint hat. Deswegen …

FRAU VON DÖNKEL … erlaube ich mir, heute bei Ihnen einzubrechen.

EINBRECHER … deswegen erlaube ich mir, heute bei Ihnen einzubrechen.

FRAU VON DÖNKEL Na also. Das klingt doch schon ganz anders. Finden Sie nicht? Und jetzt kommen Sie herein, geben mir einen Handkuß und verneigen sich anständig.

EINBRECHER Einen ...? *(gehorcht unter dem strengen, paralysierenden Blick der Frau von Dönkel, steigt zum Fenster herein, geht auf sie zu und gibt ihr einen Handkuß)*

FRAU VON DÖNKEL Halt! Nicht so tief und nicht so feucht. *(Einbrecher wiederholt seinen Handkuß, weniger tief verneigt, weniger feucht.)*

FRAU VON DÖNKEL Besser. Viel besser. Ich finde, wer in großen Häusern einbricht, sollte auch ein gewisses Niveau haben. *(geht zur Anrichte)* Ich kannte einmal einen Fassadenkletterer aus »Brenners Parkhotel« in Baden-Baden, kennen Sie »Brenners Parkhotel«?

EINBRECHER *(schüttelt den Kopf)*

FRAU VON DÖNKEL Das war ein Mann! *(schenkt Champagner ein)* Der hätte das Zeug zum Staatspräsidenten gehabt, das Staatspräsidenten nie haben. So, und jetzt kommen Sie.

(Sie führt den Einbrecher zum Tresor und öffnet ihn, der Einbrecher ist überwältigt.)

FRAU VON DÖNKEL Hier ist der Tresor.

(Der Einbrecher steht fassungslos vor den funkelnden Juwelen.)

FRAU VON DÖNKEL Mein Gott, daß den Menschen Schmuck soviel wert ist. Was ist denn das schon? Ein paar Steine, etwas Metall. Lächerlich. *(fährt mit der Hand nachlässig durch die Juwelen)* Sehen Sie nur, wie häßlich gefaßt. Die meisten Juweliere arbeiten grauenvoll. Oder gefällt Ihnen das?

EINBRECHER *(schüttelt den Kopf)* Eigentlich nicht.

FRAU VON DÖNKEL Na sehen Sie. Ich wußte doch, in Ihnen steckt etwas. Ja, ja, junger Mann, Sie haben irgend etwas Außergewöhnliches. Sonst würde ich mir auch keine so große Mühe mit Ihnen geben. *(hebt ein Collier hoch)* Sehen Sie, hier? Das Hochzeitsgeschenk meines zweiten Mannes. Vollkommen überladen. Na, machen Sie auf. *(wirft es in den Plastikbeutel des Einbrechers)* Auch diese Lapislazulibrosche, ein einziger Kitsch. Der Juwelier hielt sich für einen Künstler. Ich sagte immer, er taugt nichts. Viktor, mein erster Mann, hat sich ihm gegenüber verpflichtet gefühlt. Jedes Weihnachten kaufte er irgendeinen Kitsch bei ihm. Das können Sie nur schwer absetzen. Nehmen Sie lieber das: Brillantringe. So was geht immer. *(wirft Brillantringe in den Beutel des Einbrechers)*

EINBRECHER Ich …

FRAU VON DÖNKEL Und hier ist Geld. Bedienen Sie sich. *(öffnet das Geldfach)* Ich habe genug davon. Ich habe schon lange jemanden gesucht, an den ich es verschenken kann. Was ist schon Geld?
(Einbrecher zögert.)

FRAU VON DÖNKEL Ja, bedienen Sie sich. Greifen Sie zu. Was zögern Sie?

EINBRECHER Danke. *(verneigt sich)*

FRAU VON DÖNKEL Sie bedanken sich. Schön. Dann werden Sie aus diesem Hause offenbar doch etwas mitnehmen. Nein, nicht diese lächerlichen Juwelen meine ich. Sondern einen gewissen Stil, der Sie bei Ihren künftigen Einbrüchen begleiten wird.

EINBRECHER Ist das wertvoll?

FRAU VON DÖNKEL Hier ist alles wertvoll. Häßlich, aber wertvoll. Konrad, mein verstorbener zweiter Mann, von dem wesentliche Teile dieses Schmuckvermögens stammen, das Sie so begehren – bitte, nehmen Sie –, hat einen Großhandel betrieben, einen Großhandel für alles. Und wie er die Leute schikaniert hat. Schrecklich. Es ist doch alles auf dieser Welt irgendwie gestohlen. Finden Sie nicht?

EINBRECHER *(während er einpackt)* Ich weiß nicht.

FRAU VON DÖNKEL Champagner?

EINBRECHER Ja, gerne. Aber Sie rufen nicht die Polizei?

FRAU VON DÖNKEL Aber ich bitte Sie. Die Polizei. So etwas Lächerliches. Meinen Sie, ich lasse diese kleinbürgerlichen Wachhunde in mein Haus, die nur in der Kategorie mein-dein denken? Für wen halten Sie mich?

EINBRECHER Ich bin schon ein Jahr gesessen.

FRAU VON DÖNKEL Das habe ich mir immer gewünscht. Einmal ins Gefängnis. Aber leider hat man mich nie erwischt. Jetzt ist sowieso alles verjährt.

EINBRECHER Sie haben …?

FRAU VON DÖNKEL Nun, schauen Sie nicht so erstaunt. Natürlich habe ich mich strafbar gemacht. Und zwar nicht nur so. Wie Sie. Nicht nur Viktor und Konrad, ich habe auch sieben andere Menschen umgebracht.

EINBRECHER *(läßt den Schmuck fallen)* Was?!

FRAU VON DÖNKEL Aber alle mit Stil, Herr …

EINBRECHER *(ringt nach Luft)* Döhnert.

FRAU VON DÖNKEL Alle in diesem Haus. Nie in irgendeinem Hinterhof. Verstehen Sie? Wir, also das Opfer und ich, haben ein gepflegtes Gespräch geführt über Politik oder Kunst, zusammen gegessen und getrunken … – Mögen Sie noch Champagner?

EINBRECHER *(schüttelt den Kopf)* Nein! *(zieht hastig sein Glas weg und erkennt mit Schrecken, daß er schon getrunken hat)*

FRAU VON DÖNKEL Und dann ist es passiert.

EINBRECHER Mord?!

FRAU VON DÖNKEL Mord. Mord. Mord und Mord ist nicht dasselbe. Alle Herrschaften, die ich beseitigt habe, haben ihr Leben in einer höchst stilvollen Atmosphäre verloren, Herr Döhnert. Vielleicht begreifen Sie jetzt, wie wichtig mir das ist?

EINBRECHER Ich muß gehen. *(will hinaus)*

FRAU VON DÖNKEL Schon? Ich glaube übrigens, ich könnte es immer noch …

EINBRECHER Was denn?

FRAU VON DÖNKEL *(nimmt eine Vase in die Hand und erhebt sie mit Charme, aber bedrohlich)* Jemanden ermorden natürlich, Herr Döhnert …

EINBRECHER Um Gottes willen! Sie sind ja wahnsinnig. Da bricht man friedlich irgendwo ein, und schon … *(läßt alles fallen und flieht eilig durch das Fenster)* Hilfe! *(ab)*

FRAU VON DÖNKEL Na bitte. *(geht zum Fenster und schließt es)* Wenn man etwas Geist hat, braucht man auch als alleinstehende Dame wirklich keine Alarmanlage. Hals über Kopf davongestürzt, den Sack mit der Beute vergessen. Was will man mehr. *(nimmt den Beutel und räumt Juwelen und Geld in den Tresor zurück)* Phantasie als Selbstverteidigungswaffe. Sogar den Namen dieses Mannes weiß ich und könnte ihn mühelos der Polizei melden. Aber das wäre nun wirklich kleinlich. Einfach stillos.

Warum es am Berg so schön ischt
Heimatstück in einem Akt

Hochgebirge. Steile Felswand. Bergsteiger kraxelt hinauf,
kommt am Gipfel an, legt die Hände an den Mund und ruft:

BERGSTEIGER Haaaaaaaaaaallo!
ECHO Haaaaaaaaaaaallo!
BERGSTEIGER Du bischt der einzige –
ECHO Du bischt der einzige –
BERGSTEIGER – mit dem man sich unterhalte ko.
ECHO – mit dem man sich unterhalte ko.
BERGSTEIGER Du bischt der Schönste.
ECHO Du bischt der Schönste.
BERGSTEIGER Du bischt der Gescheiteschte.
ECHO Du bischt der Gescheiteschte.
BERGSTEIGER Du bischt der Gröööööööööschte.
ECHO Du bischt der Gröööööööööschte.

Bergsteiger dreht sich um und steigt ab.

Vorhang.

Gästeputzen

Reihenhaus, bürgerliches Wohnzimmer. Im Hintergrund Durchbruch zur Diele, so daß man die Haustür sieht. Links hinten Tür zur Küche. – Gäste und Gastgeber sitzen um den Couchtisch. Alle drei haben sich nichts zu sagen. Gäste starren geradeaus auf die Schrankwand, Gastgeber in die andere Richtung. Gastgeberin eilt mit klappernden Schuhen im Hintergrund geschäftig zwischen Wohnzimmer, Küche und Flur hin und her.

Nach einer Pause des Schweigens.

GÄSTIN Wie hübsch es bei Ihnen ist.
GAST *(fällt sofort ein)* Ja, sehr hübsch.
    (Erneute Pause des Schweigens. Die Gastgeberin eilt von der Küche in die Diele, holt dort etwas aus dem Schrank, eilt zurück.)
GÄSTIN Die schöne Schrankwand.
GAST Eine sehr schöne Schrankwand.
    (Gastgeber ohne Reaktion. Pause des Schweigens. Gastgeberin eilt aus der Küche zur Schrankwand.)
GÄSTIN Wenn wir Ihnen etwas helfen können, müssen Sie es sagen.
GASTGEBER *(sofort)* Aber gerne, Sie können das Wohnzimmer saugen.
GAST *(völlig perplex)* Bitte?
GASTGEBER *(vollkommen selbstverständlich)* Der Sauger steht da vorne im Schrank. *(zeigt auf einen Schrank in der Diele)*

GÄSTIN *(sieht verlegen um sich, entscheidet sich dann für höfliches Lachen)* Hahaha.

GAST *(stimmt nach einer Weile ein)* Hahaha.

GASTGEBER *(bleibt ganz ernst)*

GÄSTIN Immer zu einem Scherz aufgelegt.

GAST Ja, wirklich.

(Als die Gäste sehen, daß der Gastgeber keine Miene verzieht, verstummen sie allmählich.)

GAST *(verlegen)* Ja, also …

GASTGEBER *(zeigt gebieterisch auf den Schrank)* Da vorne im Schrank!

GÄSTIN Ja … *(zuckt die Schultern)* Wenn Sie meinen. *(steht lächelnd auf, geht zum Schrank und holt den Staubsauger heraus)*

GAST Aber wir können doch nicht einfach hier …

GASTGEBER Warum denn nicht?

GAST Ich dachte nur, weil wir bei Ihnen zum Abendessen eingeladen sind.

GASTGEBER Und deswegen wollen Sie nichts tun?

GAST Wie? Also doch. Ich meine … *(geht zu seiner Frau und hilft ihr beim Anschließen des Saugers; zu seiner Frau)* Was ist denn hier los?

GÄSTIN Ich weiß nicht. Aber es macht doch nichts, wenn wir schnell ein bißchen durchsaugen.

GAST Findest du?

(Gästin stellt den Sauger an und saugt das Wohnzimmer.)

GASTGEBERIN *(im Vorbeigehen, freundlichst)* Fühlen Sie sich ganz wie zu Hause.

GAST *(verwirrt)* Bitte?

GÄSTIN *(überschreit das Staubsaugergeräusch)* Ich kann Sie nicht verstehen.

GASTGEBER *(sitzt auf dem Sofa und sieht den Gast an)* Ach, bei Ihnen arbeitet wohl nur die Frau? Wie? *(drückt ihm einen Lappen in die Hand)* Sehen Sie doch mal den Staub an. Wollen Sie das so lassen?

GAST *(sieht ihn verwundert an)* Nein, nein. *(beginnt mechanisch Staub zu wischen)*

GASTGEBERIN *(zu den Gästen)* Was das Schreckliche an Gästen ist: Man muß die ganze Wohnung aufräumen, sie schauen überallhin.

GASTGEBER *(zur Gästin)* Und da unter dem Schrank?
(Die Gästin kriecht unter den Schrank und saugt dort.)

GAST *(zu seiner Frau)* Was ist denn hier eigentlich los, Hilde?

GÄSTIN *(fügt sich in ihr Schicksal)* Ich weiß auch nicht. Wir putzen.

GAST Ich dachte, wir sind zum Abendessen eingeladen.

GÄSTIN Schon, schon, aber …

GASTGEBER Ja, wenn Sie die ganze Zeit reden, wird es hier natürlich nicht sauber.

GAST *(automatisch)* Entschuldigung.

GASTGEBER Na also.

GASTGEBERIN *(eilt vorbei, zur Gästin)* Auch hier bitte, in den Ecken. *(geht weiter, sieht den Gast den Tisch putzen)* Um Gottes willen, was machen Sie denn da? Sie ruinieren mir ja den ganzen Tisch. *(befühlt den Tisch und reißt dem Gast den Lappen aus der Hand)*

GAST *(zuckt zurück)*

GASTGEBER *(kommt seiner Frau zu Hilfe)* Was ist denn hier los?

GASTGEBERIN Sie haben mir den ganzen Tisch ruiniert. Sieh dir das an, Günther, diese Putzstreifen. Auf Acryl.

GASTGEBER *(ganz Beschützer)* Sehen Sie das nicht? Diese Putzstreifen auf Acryl?

GAST Doch, doch.

GASTGEBER Na also, warum machen Sie dann Putzstreifen? Auf Acryl?

GASTGEBERIN Können Sie nicht etwas vorsichtiger sein? Schließlich sind Sie hier eingeladen.

GAST *(verdutzt)* Was?

GÄSTIN Was ist denn, Gerhard?

GAST *(paralysiert)* Ich mache Putzstreifen.

(Gästin stellt den Sauger aus.)

GÄSTIN Was machst du?

GAST *(zuckt verlegen die Achseln)* Putzstreifen. Da.

GÄSTIN Tatsächlich.

GASTGEBERIN Jetzt sehen Sie sich das an. Ihr Mann hat uns den ganzen Tisch ruiniert.

GASTGEBER Jawohl!

GÄSTIN *(sieht sich den Tisch an)*

GAST *(ratlos)* Ich habe gar nichts gemacht, Hilde.

GASTGEBERIN Lügen Sie doch nicht.

GAST Was?

GÄSTIN Da sind Putzstreifen, Gerhard.

GAST *(die Geduld reißt ihm, laut)* Was? Ich denke, wir sind hier zum Essen eingeladen. *(wirft wütend den Lappen auf den Boden)* Zum Essen!

GASTGEBERIN Was ist denn mit Ihnen auf einmal los?

GAST Aber ich wollte sowieso nicht hierherkommen! Ich hatte sowieso keine Lust auf diese komische Einladung.

GÄSTIN Gerhard!

GAST Ist doch wahr. Jedesmal ist man irgendwo eingeladen, bei jemandem, mit dem man sich nichts zu sagen hat.

GÄSTIN Ich bitte um Entschuldigung, mein Mann meint es nicht so.

GASTGEBER *(tritt vor den Gast)* Ja, meinen Sie, wir haben uns mit Ihnen etwas zu sagen, Herr äh …? Wie? Wir räumen das ganze Haus auf, wir kochen russische Eier, nur, weil Sie kommen. Dabei sind Sie uns doch völlig gleichgültig.

GAST Meinen Sie, Sie uns nicht?!

GASTGEBERIN Was bilden Sie sich eigentlich ein? Sie sind doch ganz uninteressante Leute.

GÄSTIN Oh!

GAST Sie haben doch uns eingeladen.

GASTGEBER Na und?! Wären Sie doch nicht gekommen! Wir haben Sie doch bloß aus Höflichkeit eingeladen. Doch aus keinem anderen Grund! Wir haben uns mit Ihnen doch nichts zu sagen.

GAST Wir uns mit Ihnen auch nicht! Darauf können Sie Gift nehmen.

GASTGEBERIN Was meinen Sie, was Dödels über Sie gesagt haben? Seidels sind ganz einfältige Leute, haben Dödels gesagt.

GASTGEBER Und Hubers haben gesagt, Sie sind impertinent.

GÄSTIN Was glauben Sie, was Hubers über Sie sagen? Pervers sind Sie! Jawohl, das haben Hubers über Sie gesagt!

GASTGEBER *(erhebt eine Vase)* Was erlauben Sie sich eigentlich?

GAST *(erhebt das Staubsaugerrohr)* Das frage ich Sie!
(Die beiden Männer stehen sich mit erhobenen »Waffen« gegenüber.)

GASTGEBER Verlassen Sie sofort unser Haus!

GAST Darauf können Sie sich verlassen. Und wir kommen auch nie mehr wieder.

GASTGEBER Dazu bekommen Sie auch keine Gelegenheit mehr!

GASTGEBERIN Kanaken!

GÄSTIN Sie Schnepfe!

GASTGEBERIN Flittchen!

GÄSTIN Oh!

(Die Frauen fallen übereinander her und ziehen sich an den Haaren, die Männer gehen dazwischen. Jeder gegen jeden. Wüstes Handgemenge.)

GAST *(befreit sich aus dem Menschenknäuel)* Lassen Sie sofort meine Frau los!

GASTGEBER Mit dem größten Vergnügen! *(schmeißt die Gästin zur Haustür hinaus)*

GAST Scheren Sie sich zum Teufel! *(spuckt vor dem Gastgeber aus)*

GASTGEBER Sie auch. *(gibt dem Gast einen Tritt, so daß er zur Haustür hinausfällt, und schließt die Haustür)*

GASTGEBER Ich habe Seidels noch nie leiden können. Woher kennen wir eigentlich diese Seidels?

GASTGEBERIN Wir haben sie über Dödels kennengelernt, als wir bei Hubers eingeladen waren, Schatz.

GASTGEBER Ach ja, richtig. Die müßten wir auch einmal wieder einladen.

GASTGEBERIN Hubers oder Dödels?

GASTGEBER Beide.

Ende.

Reisebericht

Wenn die Brandschutzeinrichtungen gestimmt hätten, hätte man sich vielleicht wohl fühlen können, wie gesagt, es war alles wie daheim, deutsche Küche, deutsches Fernsehen, aber eben die Beschilderung, deutsch, aber völlig unzureichend, ich kann mich in einem Hotel nicht erholen, in dem die Beschilderung nicht stimmt. Die Beschilderung ist die Basis dafür, daß ich mich wohl fühle, der Ausgangspunkt jeglicher Regeneration. Die veraltete Sprinkleranlage, der Mangel an Feuerlöschern, fehlende Wartungs- und Prüfplaketten, alles das hätte ich noch verkraftet, aber die Beschilderung. Das war zuviel. Ich habe nachts angefangen, die Beschilderung umzumontieren, aber das war ja sinnlos, in einem sechzehnstöckigen Hotel mit 425 Zimmern die Beschilderung für den Brandfall ummontieren, nachts, alleine, das ist aussichtslos, die Zimmermädchen freundlich, das Essen wie gesagt deutsch, gutes Wetter, wie in Deutschland, es war alles in Ordnung, aber die Schilder, ohne die Schilder kann ich mich nicht erholen, ich kann mich nicht erholen, wenn der Abstand der Notausgangsschildchen vollkommen unregelmäßig ist, das kann einem niemand zumuten, nicht, wenn man bei der freiwilligen Feuerwehr ist. Es war eine Katastrophe, dieser Urlaub, den ganzen Tag bin ich nur im Korridor auf und ab gelaufen und habe den Abstand der Notausgangsschilder abgemessen, völlig wahllos, im siebten Stock 6 Meter 94, im achten 8 Meter 18. Das geht doch nicht, ich habe mir an den Kopf gegriffen, und der Direktor, der Direktor hat mich gar nicht verstanden, niemand hat mich verstanden, ich bin von der Freiwilligen Feuerwehr Herden, habe ich gesagt, aber die Leute haben nur die Köpfe geschüttelt und sich erholt, mit diesen Leuten ist nichts anzufangen, die Leute haben nur eines im Sinn, sie denken nur an ihre Erholung, wenn sie im Urlaub sind, Feuer interessiert sie gar nicht, Feuer interessiert die meisten ja erst, wenn es brennt, aber mich nicht, mich interessiert Feuer immer und überall, selbst meine Frau wollte nicht an Feuer denken, Feuer, sagte ich, Feuer ist in einem Hotel das Naheliegendste, es liegt in einem Hotel näher, daß es brennt, als daß man sich erholt, habe ich gesagt, das ist erwiesen, aber sie hat mir nicht einmal zugehört, sie hört mir nie zu, nicht, wenn es um Feuer geht. Vierzehn Tage lang bin ich nur auf meinem Balkon gesessen neben meinem Reisewecker mit dem Rauchmelder und habe auf den Swimmingpool hinuntergeschaut und habe gedacht, die sollen sich nur erholen, ich erhole mich nicht, ich denke gar nicht daran, nicht, solange die Beschilderung nicht stimmt, und ich habe mich nicht erholt, nicht in diesem Hotel, überhaupt nicht, obwohl das Wetter schön war und das Essen deutsch und die Zimmermädchen nett, ich habe mich überhaupt nicht erholt, Sonja hat sich erholt, aber ich nicht. Gott sei Dank!

Die neue Aufmerksamkeit

Bei Frau Blomeier. Eingang mit Empfangsdiele, daran anschlie-
ßend bürgerliches Wohnzimmer, überladen mit Einrichtungsge-
genständen, Möbeln, Vasen, Bildern, in der Schrankwand vier
Fernseher, ebenso viele Videorecorder. Blumensträuße auf der
Kommode und auf dem Tisch. – Günther und Anna Dotz so-
wie Siegfried und Sieglinde Dödel, zwei befreundete Ehepaare,
stehen festlich gekleidet im Wohnzimmer.

GÜNTHER DOTZ Danke dir für die Einladung, Hilde.
    (Austausch von Begrüßungsküßchen.)
HILDE BLOMEIER Ich freue mich, daß ihr da seid. Anna,
    Liebste.
ANNA DOTZ Hilde.
    (Austausch von Begrüßungsküßchen.)
GÜNTHER DOTZ Und als kleine Aufmerksamkeit …
HILDE BLOMEIER Aber das ist doch nicht nötig.
ANNA DOTZ Doch, doch, doch, doch, doch!
GÜNTHER DOTZ *(winkt ab)* Und als kleine Aufmerksamkeit
    dachten wir … *(geht auf eine Vase im Wohnzimmer zu)*,
    nehmen wir diese Vase mit. *(hebt sie stolz hoch)*
HILDE BLOMEIER *(sichtlich bewegt)* Aber Günther, das ist
    doch nicht nötig.
GÜNTHER DOTZ Keine Widerrede.
HILDE BLOMEIER Ich bin völlig überwältigt.
    (Günther und Anna stecken die Vase in die mitgebrachte
    Tasche.)
SIEGFRIED DÖDEL Auch wir, meine liebe Hilde, haben
    lange überlegt, womit wir dir eine Freude machen

können. Zuerst wollten wir deine alten Kleider zur Rot-Kreuz-Sammelstelle bringen.

SIEGLINDE DÖDEL Aber dann ist uns etwas Besseres eingefallen.

(Die Dödels gehen zur Schrankwand, in der die vier Videoapparate stehen.)

SIEGLINDE DÖDEL Wir nehmen einen deiner alten Videorecorder mit.

HILDE BLOMEIER *(gerührt)* Aber Kinder ... es ist doch wirklich nicht nötig, daß ihr euch soviel Mühe macht.

SIEGFRIED DÖDEL Kommt gar nicht in Frage. Das lassen wir uns nicht nehmen. *(baut den Videoapparat aus der Schrankwand aus)*

SIEGLINDE DÖDEL Wir wissen doch, wie schwer Videorecorder heute zu entsorgen sind. Und dann die unbequemen Öffnungszeiten am Sondermüllplatz!

(Die Dödels entfalten einen mitgebrachten Karton und packen das Gerät ein.)

HILDE BLOMEIER Danke, danke! Es ist wahnsinnig nett von euch, daß ihr euch soviel habt einfallen lassen, um mir eine Freude zu machen, aber ich wollte euch doch nur einfach zu einem kleinen unkomplizierten Abendessen einladen.

SIEGFRIED DÖDEL Keine Ursache.

GÜNTHER DOTZ Wir wissen doch, wie es ist, wenn man schon alles hat!

ANNA DOTZ Zweiundsiebzig Geräte haben wir mittlerweile und nur zwei Zimmer.

SIEGLINDE DÖDEL Wem sagen Sie das! Wir platzen aus allen Nähten.

SIEGFRIED DÖDEL Und dann die Bücher! Wußtet ihr, daß ein normaler Mensch, also so ein Mensch wie du und ich, heute über 75122 Einzelgegenstände sein eigen nennt?

HILDE BLOMEIER Ja, der Überfluß, das ist das Problem.

(Es klingelt, Frau Blomeier öffnet.)

HILDE BLOMEIER Oh, da kommt der nächste. Hallo, Hubert, Liebster.

HUBERT *(kommt zur Tür herein)* Hallo, Hilde. Entschuldige, ich bin etwas spät.

(Austausch von Begrüßungsküßchen.)

HILDE BLOMEIER Das macht doch nichts.

HUBERT *(entfaltet eine große Plastiktüte)* So. Als kleinen Dank für deine Einladung zum Abendessen habe ich mir erlaubt, eine Sondermülltüte mitzubringen. *(zieht die Blumensträuße aus den Vasen und stopft sie in die Sondermülltüte)* Ich werde alle deine Blumensträuße auf der Giftmülldeponie beim Naturschutzpark entsorgen.

HILDE BLOMEIER Ach, Hubert. Wie reizend von dir.

HUBERT *(legt den Sack mit den Blumen an der Garderobe ab)* Aber ich bitte dich. Nur eine kleine Aufmerksamkeit.

HILDE BLOMEIER Kinder, Kinder! Das wäre doch alles gar nicht nötig gewesen!

GÜNTHER DOTZ Es ist uns ein Vergnügen.

ANNA DOTZ Das waren noch Zeiten, als man sich zu Einladungen Geschenke mitbrachte.

HUBERT Oder Blumen.

(Allgemeines Gelächter.)

SIEGLINDE DÖDEL Anstatt etwas mitzunehmen.

SIEGFRIED DÖDEL Eine richtige Strafe! Geschenke!

(Gelächter.)

GÜNTHER DOTZ Na, der sollte mir unterkommen, der mir zu einer Einladung Gastgeschenke mitbringt.

(Gelächter.)

HILDE BLOMEIER Schrecklich.

(Gelächter.)

HILDE BLOMEIER Ja, ich glaube, dann wären wir vollzählig und könnten zum Dinner schreiten. Bitte.

(Sie führt die Gäste ins Eßzimmer an einen Tisch, der mit Geschirr für zahlreiche Gänge gedeckt ist. Alle Schüsseln und Platten sind leer. Keine Speisen, keine Getränke.)

HILDE BLOMEIER Ich habe versucht, euch heute abend eine ganz besondere Freude zu machen.

ANNA DOTZ *(entzückt)* Oh, Hilde, Liebste, sag bloß, es gibt heute abend …?

HILDE BLOMEIER Jawohl, meine Lieben.

ANNA DOTZ Oh, phantastisch!

HILDE BLOMEIER Es gibt heute abend: Nichts.

SIEGFRIED DÖDEL *(entzückt)* Hilde! Liebling!

(Man nimmt am Tisch Platz.)

GÜNTHER DOTZ Gott sei Dank, ich hatte schon befürchtet, wir müßten heute abend Lachs essen.

SIEGFRIED DÖDEL Oder Hummer.

GÜNTHER DOTZ Ach, um Gottes willen!

ANNA DOTZ Aber Günther, doch nicht bei Hilde!

GÜNTHER DOTZ Wir waren neulich bei Baumanns eingeladen und mußten Kaviar essen.

SIEGLINDE DOTZ Also, ich finde sowieso, Baumanns sind irgendwie zynisch.

GÜNTHER DOTZ Sadisten!

HILDE BLOMEIER Keine Angst, meine Lieben. Kein Fett, kein Cholesterin, kein Zucker und natürlich keine Schadstoffe, sondern einfach Nichts. Bitte, Anna.

(reicht Anna die Schüssel)

ANNA DOTZ Danke. *(schöpft sich Nichts aus der Schüssel)* Köstlich! Wie hast du denn das gemacht?

HILDE BLOMEIER *(kokettiert)* Ach, wenn man etwas Übung hat, ist es gar kein Problem.

SIEGLINDE DÖDEL Unsere liebe Hilde stellt ihr Licht wieder einmal unter den Scheffel.
(*Allgemeines dümmliches Gelächter.*)
ANNA DOTZ Bitte. (*reicht die Schüssel weiter*) Also, Hilde, du mußt mir das Rezept geben. Oder ist das geheim?
HILDE BLOMEIER Na, ich will mal sehen, was sich machen läßt.
SIEGLINDE DÖDEL (*während sie sich mit dem Vorlegebesteck Nichts auftut*) Du solltest ein Kochbuch schreiben, Hilde.
SIEGFRIED DÖDEL Ja, ein Kochbuch.
(*Hilde Blomeier windet sich geschmeichelt.*)
GÜNTHER DOTZ Unbedingt, Hilde. Ein Kochbuch.
ANNA DOTZ Ja, wirklich. Ein Kochbuch, Hilde.
HUBERT Warum denn nicht! Heute schreibt doch jeder ein Kochbuch.
SIEGFRIED DÖDEL Und wir kriegen alle ein Freiexemplar.
(*Allgemeines dümmliches Gelächter. Man beginnt zu speisen.*)
HILDE BLOMEIER Ach Kinder! Nehmt euch. Bitte.
GÜNTHER DOTZ (*schiebt Nichts in den Mund*) Ich bin direkt süchtig darauf. Diese leeren, blankgeputzten Teller.
ANNA DOTZ Das Auge ißt mit.
SIEGLINDE DÖDEL Ich habe gelesen, das Kauen von Nichts soll viel gesünder sein als das Kauen von etwas.
GÜNTHER DOTZ Ach was! (*nimmt sich einen Nachschlag Nichts*)
HILDE BLOMEIER Ach, ich freue mich so, daß ihr da seid, meine Lieben. Erheben wir das Glas … (*erhebt das leere Glas*) … und trinken wir keinen guten Tropfen. Auf euer Wohl, Kinder!
(*Alle erheben die leeren Gläser.*)
SIEGFRIED DÖDEL (*erhebt sich und schlägt ans Glas*) Ich

möchte gerne einen Toast ausbringen: Meine Damen und Herren, liebe Hilde, ich glaube, eine solche Gastgeberin wie dich gibt es kein zweites Mal in unserem Sonnensystem.

(Allgemeines dümmliches Gelächter.)

HILDE BLOMEIER Na, Gäste wie euch aber auch nicht.

(Gelächterexplosion.)

Ende.

Befremdlich

Vom Feunacher-Tunnel bei Salb ist bekannt, daß wer in den Tunnel hineinfährt, nie wieder auf der anderen Seite herauskommt. Das ist weniger befremdlich, denn Geistererscheinungen sind in der Wirklichkeit etwas ganz Normales. Befremdlich, sagen die Einwohner von Salb, ist allerdings, daß die Züge, die ferngesteuert in den Feunacher-Tunnel einfahren und dort auf ewig verschwinden, bis in das Jahr 2014 ausgebucht sind und Karl Feusl, der das Unternehmen des irreversiblen Transportes betreibt, zum »Reiseunternehmer des Jahres« gewählt worden ist.

Routine

Ein Lastwagenfahrer, der Jahrzehnte lang einen Viehtrans-
porter gelenkt und jeden Tag 250 Schweine zum Schlachthof
von D. gefahren hatte, fuhr, als sein Chef auf Reisebusse um-
stellte, vom einen auf den anderen Tag einen Reisebus. Er hat
diesen Reisebus mit 62 Touristen aber nicht wie vorgesehen
zum Schloß Neuschwanstein gefahren, sondern, seiner jah-
relangen Gewohnheit folgend, zum Schlachthof, wo er die
Touristen wie sonst die Schweine am Schlachthaus abgesetzt
hat. Die Schlachthofarbeiter trieben daraufhin sofort die
Touristen zur Schlachtbank, die dort in einem vollautomati-
schen Schlachtkarussell geschlachtet wurden. Von der Polizei zu dem grausamen Massaker befragt, sagten Busfahrer
und Schlächter übereinstimmend, sie hätten *es gar nicht be-
merkt*, zumal auch die Touristen wie selbstverständlich in die
Schlachtanlage hineingegangen seien.

GATTEN
UND
KOMETEN

Das Familienfoto

Eigenheim. Wohnzimmer. Eindrucksvoller Fotoapparat auf Stativ. Vater hinter der Kamera. Rest der Familie vor gefälligem Ambiente zu einem Gruppenbild arrangiert – man lacht angestrengt in Richtung Kamera.

VATER Tante Adele, etwas mehr nach rechts.

TANTE Wohin, Günther?

VATER Nach rechts.

OMA Wie lange dauert es denn noch?

VATER *(dreht den Blendenring hin und her)* Einen Moment noch. Noch einen Moment, Mutter.

OMA Jetzt stehen wir hier schon eine halbe Stunde.

KIND Ich muß mal.

MUTTER Gleich, Kind. Papi macht ein Foto von uns.

TANTE Ist es so richtig, Günther?

VATER Noch eine Idee nach rechts, Tante Adele.

KIND Warum macht Papi ein Foto von uns?

MUTTER Das Kind wird unruhig, Günther.

VATER Ja doch.

TANTE Steh' ich jetzt richtig, Günther?

OMA Manchmal glaube ich, du weißt gar nicht, was Arthrose bedeutet, Günther.

VATER Doch, Mutter. – Noch einen Schritt nach links, Tante Adele.

TANTE Wohin?

VATER Nach links.

TANTE Nach links? Gerade hast du gesagt, ich solle nach rechts gehen, Günther!

MUTTER *(ungeduldig)* Geh doch einfach nach links, Tante Adele.

TANTE Hörst du? Jetzt schreit sie mich schon wieder an.

VATER Aber nein.

TANTE Dauernd schreit mich Elvira an.

MUTTER *(schreit)* Ich schreie doch gar nicht!

VATER Nimm doch etwas Rücksicht, Elvira.

MUTTER Wie? Ich? Rücksicht nehmen? Ich nehme doch den ganzen Tag Rücksicht! Auf irgend jemanden nehme ich doch immer Rücksicht. Und wer nimmt Rücksicht auf mich?

KIND Ich muß mal. Ich muß mal.

VATER Ruhe jetzt!

OMA Soll ich dir einmal etwas sagen, Günther?

MUTTER Du sollst das Kind nicht so anschreien, Günther!

OMA Du hättest dir eben keinen so neumodischen Apparat kaufen sollen. Mit Selbstauflöser!

TANTE Günther! Wo soll ich denn nun hin, Günther?

VATER Mein Gott, Tante Adele, nach rechts, ich sage doch die ganze Zeit, nach rechts!

TANTE Eben hast du links gesagt …

VATER Stell dich doch endlich *da* hin, Herrgott!

TANTE *(verläßt die Gruppe)* Nein! Nein, das habe ich nicht nötig. Erst wird man irre gemacht, und dann wird man angeschrien!

VATER Tante Adele!

MUTTER Tante Adele, du kannst doch jetzt nicht einfach gehen. – Warum knipst du denn nicht endlich, Günther?

VATER »Knipsen«, »knipsen«. Ihr habt doch keine Ahnung von Fotografie.

TANTE Adieu!

MUTTER Wenn du gehst, können wir das Familienfoto nicht machen, Tante Adele!

TANTE Familie! Ha! Daß ich nicht lache. *(ab)*

KIND Ich muß mal, ich muß mal!

MUTTER Du bist jetzt endlich still. *(Ohrfeige)*

KIND *(heult)*

OMA Günther?

VATER Ja doch.

MUTTER Knips doch endlich, Günther!

VATER Knipsen! Was denn? Tante Adele ist nicht da, das Kind heult, und Oma macht ihr Arthrosegesicht.

OMA Ist das Foto fertig, Günther?

VATER Nein, zum Donnerwetter!

OMA Na endlich. Soll ich dir etwas sagen, Günther?

VATER Nein!

OMA Mit dem alten Apparat wäre das Familienfoto haargenauso geworden. Haargenauso.

(Vater haut entnervt auf den Apparat. Klick. Familienfoto. Ende.)

Der hilfreiche Gatte

Günther in bester Laune hinter dem Herd in der Küche, kocht mit großem Aufwand und hantiert mit viel Geschepper und Geklirr mit Töpfen und Tellern. – Helga sitzt im Arbeitszimmer und denkt. Küchentür weit offen.

ER Heut koche einmal ich, Helga. Wo ist denn das Salz? *(ruft laut)* Helga? Hast du das Salz gesehn?

SIE *(kommt aus dem Arbeitszimmer)* Was ist?

ER *(während er glücklich im Topf rührt)* Das Salz, Liebling. Weißt du was, heute kannst du dich einmal richtig entspannen. Heute nehme ich dir einmal alle Hausfrauenarbeit ab.

SIE Das Salz war doch hier.

ER Aber da ist es nicht. Und das Schöne ist, mir macht es sogar Spaß. Mir macht es richtig Spaß, dich zu entlasten. Kannst du mal das Sieb halten, ich müßte die Nudeln abgießen.

SIE *(hält das Sieb)*

ER Danke, Schatz. Kommst du voran?

SIE *(geistesabwesend)* Womit?

ER Mit deinem Buch?

SIE Ach so. Ach ja. Es geht.

ER Also kommst du nicht voran? Au! Jetzt habe ich mir das Wasser … Halt doch mal bitte.

SIE Ich stelle das Salz immer da hin.

ER Aber du hast doch heute richtig Ruhe. Ich meine, wo ich alles übernehme und die Kinder aus dem Haus …

SIE Hm.

ER Danke. Du kannst jetzt gehen. Den Rest kann ich alleine. Schnell.

SIE *(geht ins Arbeitszimmer)*

ER *(eilig)* Ach Helga, wo ist jetzt das Salz?

SIE *(kommt genervt zurück)*

ER Du mußt entschuldigen, aber ohne Salz kann ich wirklich nicht …

SIE Ich weiß nicht, wo das Salz ist. Wenn es nicht da ist, wo es immer ist.

ER Komm, Kind, mach dich nicht verrückt. Wegen Salz. Ha! Du hast Wichtigeres zu tun. Ich werde es schon finden. Ich bin ja schließlich kein kleines Kind mehr. Küßchen.

SIE *(geht ins Arbeitszimmer)*

ER *(ruft ihr freudig nach)* Das wäre ja gelacht, wenn ich das Salz nicht alleine finden würde. Schließlich sollst du ja arbeiten können.

SIE Was ist? Ich kann nichts hören.

ER Ich sagte: Schließlich sollst du ja arbeiten können.

SIE Ich bin im Arbeitszimmer.

ER So ist es gut, Schatz. *(spricht vor sich hin)* Mein Schatz ist im Arbeitszimmer, und ich bin in der Küche. So gehört es sich. Das ist zeitgemäß. Schließlich steht sie ja auch die ganze Zeit in der Küche, für mich. Da kann ich doch heute, am Freitag, einmal für sie …

SIE *(kommt genervt zurück)* Was ist? Ich kann dich wirklich nicht verstehen, Günther.

ER Habe ich dich gestört? Oh, das tut mir leid. Ich habe wirklich nichts gesagt. Ich habe nur einfach so vor mich hin …

SIE Kannst du nicht mal etwas leiser sein? Ich kann wirklich nicht …

ER *(entgeistert)* Leiser? Aber natürlich, natürlich, Liebling.

War ich laut? Entschuldige. Komm. Reg dich nicht auf. Geh zu deinem Buch. Ich werde ab jetzt mucksmäuschenstill …

SIE Morgen muß ich die Korrektur wegschicken.

ER Ich weiß.

SIE *(verläßt die Küche)*

ER *(beginnt zu pfeifen, merkt nach einer Weile, daß er pfeift, und ruft laut)* Entschuldige, Helga! Entschuldige!

SIE Was ist denn jetzt schon wieder?

ER *(ruft laut)* Ich habe mich entschuldigt, daß ich gepfiffen habe.

SIE Ja doch!

ER *(redet vor sich hin)* So schlimm haben es Hausfrauen eigentlich gar nicht. Es ist doch schön, für jemanden zu kochen, für jemanden etwas zu tun. So, und jetzt kommt das Fleisch. *(schneidet das Fleisch)* Au, verdammt. Au! *(sieht Blut, hektisch)* Helga! Helga, haben wir Heftpflaster?! Helga, komm doch mal!

SIE *(eilt herbei)* Was ist denn passiert?

ER *(ruft)* Nein, bleib, Helga! Bleib, wo du bist. *(sieht, daß sie schon da ist)* Geh, Helga. Ich habe mich geschnitten. Entsetzlich. *(sinkt auf einen Stuhl)* Blut. Es ist wirklich nicht schlimm. Geh, Helga. Von so einer Wunde spricht ein Koch doch gar nicht. Au, tut das weh! Ich möchte nicht wissen, wie oft du dich schon geschnitten hast.

SIE *(nimmt seine Hand und betrachtet die Wunde)*

ER Für mich. In der Küche. Au.

SIE *(nimmt ein Pflaster aus dem Schrank und klebt es auf seine Hand)*

ER Danke! *(bedeutet ihr zu gehen)* Geh nur. Geh, Liebling. *(Sie geht ins Arbeitszimmer, er trinkt aus der Flasche Madeira, die auf dem Küchentisch steht, und faßt sich allmählich.)*

ER   Das wäre ja gelacht, wenn ich wegen so einer Wunde.
     So einer Lappalie! Heute, wo Helga …
     *(Er schüttet den restlichen Madeira hinunter und geht
     zum Herd, rührt wieder entzückt im Topf.)*
ER   Ach, sie ist süß, meine Helga. Sie ist süß. Und intelli-
     gent. Und lieb. *(erblickt plötzlich das Salz und schreit vor
     Entzücken)* Ha! Ha! Stell dir vor! Helga, das muß ich dir
     erzählen. *(ruft aus voller Kehle)* Helga, Helga, komm
     doch mal her!
SIE *(entnervt aus dem Arbeitszimmer)* Was ist denn nun
     schon wieder?
ER   Das mußt du sehen! Das mußt du sehen!
SIE Was ist denn? Warum schreist du denn so?
ER   *(ganz außer sich)* Stell dir vor!
SIE Ich renne andauernd hin und her. *(kommt leidend in die
     Küche)* So komme ich wirklich nicht voran, Günther.
ER   Nur ganz kurz, Liebling. Aber das mußt du sehen! Dann
     kannst du wieder gehn.
SIE Was ist denn?
ER   Ich habe: das Salz! Hier! Es war in der Mikrowelle. *(steht
     in Siegerpose mit Salz in der Küche)*
SIE *(trocken)* Na und!
ER   *(entgeistert)* Ist das alles, was du dazu zu sagen hast?
SIE Ja.
ER   *(entsetzt)* Dein Mann findet das Salz, und du sagst ein-
     fach: »Na und«?!
SIE *(geht ins Arbeitszimmer)*
ER   *(redet vor sich hin)* Man kocht Broccoli und Mohrrüben,
     man verbrennt sich die Finger. Man verblutet. Und was
     ist der Dank? *(macht die Schürze ab)* Als ob es so wichtig
     wäre, daß dieses dämliche Buch herauskommt! Dieses
     dämliche Buch »Vergleichende Stahlbautechnik« kauft
     doch sowieso niemand.

SIE *(ruft plötzlich aus dem Arbeitszimmer)* Was sagst du?

ER *(erschrickt, laut)* Ich? Nichts, Liebling. *(leise für sich)* Weiber! *(ißt das Essen aus dem Topf gedankenverloren auf)*

Ende.

An der Schanze

Ehepaar an der Skischanze. Ein Skispringen ist im Gange.

SIE Mein Gott, sieh doch mal, Gerd, die Skispringer!

ER Ja, ja.

SIE Nein, Gerd, diese Skispringer! Sieh doch, wie die da run-
tersausen. Nein, sausen die da runter!

ER Ja doch.

SIE Gott, Gerd, mir wird ganz schlecht.

ER Sei doch mal still!

SIE Still? Wie soll ich denn still sein, wenn die da runtersau-
sen. Nein, ist das hoch! Nein, ist die Schanze hoch!

ER Wie weit war denn nun der Sprung?

SIE Gott, jetzt kommt wieder einer. Sieh doch! Gerd!

ER Was hat er gesagt?

SIE Hat jemand was gesagt?

ER Der Ansager!

SIE Ach, der Ansager. Laß doch den blöden Ansager. Sieh
dir doch lieber das Springen an, anstatt auf den blöden
Ansager zu hören.

ER Mein Gott, bist du blöd!

SIE Was bin ich?

ER Ich will jetzt endlich wissen, wie weit der gesprungen ist.

SIE Ach, das ist doch egal. Hauptsache, er ist unten.

ER Es ist eine Strafe, daß ich mit dir …

SIE Gerhard, Gerhard!!

ER Was ist denn nun schon wieder?

SIE Der fällt, der fällt, Gott, Gerhard, ich sehe es genau, ich
kann gar nicht hinsehen, Gerd.

ER Wo denn?

SIE Na da! Da! Da! Da!

ER Blödsinn! Der fällt nicht, der macht einen Telemark.

SIE Wie heißt der?

ER Telemark.

SIE Telemark?

ER Ja.

SIE Das ist der berühmte Telemark? Den habe ich mir ganz anders vorgestellt.

ER Na, wie denn?

SIE Größer und hübscher.

ER Nein. Nein, nein, nein. Telemark heißt die Landung, der Springer heißt doch ganz anders.

SIE Die Landung? Die Landung heißt Telemark? Jetzt verstehe ich gar nichts mehr.

ER Hätte ich dich doch niemals geheiratet.

SIE Wie kommst du denn da drauf?

ER Ich halte es nicht mehr aus.

SIE Womit?

ER Mit dir!

SIE Mit mir? Ja, möchtest du vielleicht lieber da hinunterspringen, Gerd?!

ER Wo?

SIE Von der Schanze.

ER Um Gottes willen!

SIE Na siehste.

Frühstück in Oggersheim

Volksstück in einem Akt

Ehepaar am Frühstückstisch.

SIE Also, wenn isch e Ameis wär, isch wüßt net, wie isch mei Bein setze sollt.

ER Aber du bisch kei Ameis.

SIE Isch mein ja nur.

ER Könn ma jetzt endlisch mit dene Ameise aufhöre?

SIE Hab isch was gsagt?

ER Nadürlisch hosch du was gsagt.

SIE Ma werd doch noch staune derfe üwwer die Wunner der Nadur.

ER Isch muß jetzt gehe.

SIE Na also. Sei froh, daß kei Ameis bisch!

Vorhang.

Ihr Vierzigster

1. Szene

Einfamilienhaus. Haustür steht offen. Vater eilt bester Laune im Hause umher. Schafft Klappstühle, Sonnenschirme, Beutel mit Holzkohle, Spirituskocher etc. hinaus zum Auto vor dem Haus. Mutter steht mit trüber Miene in der Küche, schmiert Brote. Tochter neben ihr, ziemlich widerspenstig.

VATER *(happy, pfeift)* Qualenlugbrück. *(pfeift)*

MUTTER *(ruft aus der Küche)* Wo ist denn das?

VATER 41 Kilometer von hier. Exakt. *(pfeift, geht hinaus zum Auto)*

MUTTER 41 Kilometer?

VATER Steht im Ausflugsführer, den ich dir geschenkt habe. Gefällt er dir nicht?

MUTTER *(angestrengt)* Doch, doch.

VATER *(kommt zurück)* Siehst du. Ich dachte mir, an deinem Geburtstag müssen wir etwas ganz Besonderes machen. *(hinaus zum Auto)*

TOCHTER *(ruft dem Vater nach)* Mama möchte viel lieber …

MUTTER Ich habe gesagt, du sollst still sein, Dörte!

TOCHTER Aber das stimmt doch.

VATER *(kommt zurück)* Und dann machen wir es uns ganz gemütlich. Picknick mitten im Wald. Hast du die Brote schon?

MUTTER Ich schmiere sie gerade.

VATER Wunderbar. Vergiß die gekochten Eier nicht. *(geht hinaus, tiriliert)* Und die Zwiebeln. Ich lade schon einmal die Matte ins Auto, damit wir bequem sitzen können. *(singt vergnügt ein Liedchen)*

TOCHTER Aber du möchtest doch viel lieber essen gehen.

MUTTER Das spielt jetzt keine Rolle.

TOCHTER Aber *du* hast doch Geburtstag.

MUTTER Laß das jetzt.

TOCHTER Das kapiere ich nicht.

VATER *(kommt zurück)* Was sagst du, Mäuschen? Oh, ist das ein herrlicher Tag.

MUTTER *(zischt Dörte an)* Ich will jetzt keinen Krach.

TOCHTER Wenn ich Geburtstag hätte, und ich …

MUTTER Aber du hast nicht Geburtstag!

VATER Dörtilein, hilf mal deinem Vater, den Grill einzupak-ken. *(klopft ihr bester Laune auf die Schulter)*

TOCHTER O Backe, Irrenhaus. *(geht hinaus)*

2. Szene

Am Ufer eines verschilften Weihers. In unmittelbarer Nähe betonierter Parkplatz mit zahlreichen Hinweisschildern: »Achtung Naturschutzgebiet!«, »Erhaltet das Biotop für unsere Kinder!«, »Grillen und Tiere verboten!«

MUTTER Hier sind lauter Mücken.

VATER *(stolz)* Weil die Natur hier noch intakt ist. *(gibt der Tochter den Reiseführer)* Lies mal vor, Dörte. Seite 78. Das ist ein Alternativreiseführer. Also öko. Nein, bio. *(pfeift und geht zum Auto, das auf dem Parkplatz steht, packt im Folgenden Utensilien aus)*

TOCHTER *(stöhnt und liest vor)* »Qualenlugbrück zeichnet sich als Biotop durch einzigartigen Artenreichtum aus und ist …«

MUTTER Au! *(schüttelt eine Bremse von ihrer Hand)*

VATER Na, ist das herrlich hier?

MUTTER Das war eine Bremse.

VATER Hast du die Zwiebeln, Susanne? Wo sind denn die Zwiebeln, Schatz? *(durchsucht den Kofferraum und findet sie)* Oh, die müssen noch gehackt werden. *(übergibt sie der Mutter)*

TOCHTER *(trotzig zur Mutter)* Wir hätten wirklich essen gehen können!

VATER Ach, »essen gehen« ist doch jeden Tag. Ich muß in der Firma dauernd essen gehen. Mit dem Direktor der Sparkasse, mit Direktor Flensböhner, mit den »Österreichischen Motoren«. Da müssen wir an deinem Geburtstag doch nicht auch noch essen gehen. Nicht wahr, Susanne? In einer stickigen Kneipe sitzen. An deinem Geburtstag!

MUTTER *(schweigt)*

VATER Zu Hause haben wir übrigens eine ganze Flasche »Mücken – Nein danke!«. Aber was kümmern uns Mücken? Wenn wir erst einmal den Grill aufgebaut und den Champagner aufgemacht haben ... Oh, wo ist denn der Champagner? Hast du den Champagner nicht eingepackt, Susanne?

MUTTER Ich?

VATER Ich dachte, du packst den Champagner ein ...?

MUTTER Ich habe gedacht, du ...

VATER Macht nichts. Macht nichts, Kind. Dann trinken wir eben Cola. Da bleiben wir länger wach. Bitte sehr, Susanne. Brettchen, Zwiebeln, Petersilie und das Küchenmesser. *(gibt alles der Mutter)* Jetzt brauchst du bloß noch zu hacken. Wie in der eigenen Küche.

MUTTER *(beginnt mechanisch Kräuter zu hacken)* Ich wollte an meinem Geburtstag einmal so richtig entspannen.

VATER *(schlägt nach einer Bremse)* Was hast du gesagt? –

Holzkohle, Spiritus. *(entzündet das Feuer, verbrennt sich)* Au! Verdammt.

MUTTER *(vor sich hin)* Ich habe dieses Grillen noch nie leiden können. *(wehrt einen erneuten Mückenangriff ab)*

TOCHTER *(hat eine Mücke im Mund)* Ihgitt.

VATER Na, ist das herrlich? Ich habe sogar eine Grillzange. *(klaut ein paar gehackte Zwiebeln von Susannes Brettchen und schiebt sie sich in den Mund)* Köstlich.

MUTTER *(vor sich hin)* In die »Zauberflöte« wäre ich gerne gegangen.

VATER Theater? Was willst du denn im Theater? Das ist doch immer das gleiche. Ob Mozart oder Verdi oder Wagner. Es ist immer zu laut. Und zu lang. *(schenkt Cola in Pappbecher ein)* Jetzt wollen wir erst einmal auf dich anstoßen, Susanne. *(gibt ihr einen Pappbecher und stellt sich feierlich vor sie hin)* Susanne. *(erhebt den Pappbecher)* Ich finde es herrlich, daß du heute Geburtstag hast. Nein, sag jetzt nichts. Ich sehe es an deinem Gesicht. Immer wenn du glücklich bist, siehst du traurig aus.

MUTTER Hol mal den Verbandskasten, Dörte.

VATER *(gibt der Mutter einen Kuß, so daß sie voller Holzkohlestaub ist)* Ich liebe mich. Ich meine natürlich dich. *(stößt mit ihr an, das Cola schwappt auf ihr Kleid)*

MUTTER Ich glaube, ich bin allergisch.

VATER Mücken oder Bremsen?

MUTTER Wer weiß.

Männersorgen

HERBERT Aber irgend etwas bedrückt dich doch. Ich sehe es doch, Günther. Hast du Angst, Günther?

GÜNTHER Nein, nein. Der Arzt sagt, es liegt goldrichtig. Außerdem gehe ich ja zur Gymnastik.

HERBERT Gymnastik?! Das macht dir sicher viel aus?

GÜNTHER Wieso denn? In der Schwangerschaftsgymnastik sind über 30 Prozent Männer.

HERBERT Jetzt weiß ich, was dich bedrückt, Günther! Natürlich! Wieso bin ich nicht gleich darauf gekommen!? Kuhnert. Kaum hat er dich eingestellt, schon wirst du schwanger. Das ist natürlich eine Katastrophe. Das kann ich mir vorstellen! Und das bei Kuhnert!

GÜNTHER Aber nein! Wovon redest du eigentlich?! Kuhnert hat mir sofort, ohne auch nur die geringsten Schwierigkeiten zu machen, Mutterschaftsurlaub zugesagt. Sogar zwei Monate mehr, als gesetzlich vorgeschrieben. Das ist es nicht. Er will sogar Taufpate werden.

HERBERT Und Brigitte? – Sag bloß, sie will das Kind nicht? Sag bloß …? Günther! Nein! Sie will, daß du es abtreibst?

GÜNTHER Brigitte! Ha! Brigitte freut sich wie ein Schneekönig auf das Baby. Diese Halskette hat sie mir geschenkt, weil ich endlich schwanger bin. Brigitte kann es kaum erwarten, will sogar bei der Geburt dabeisein. Die erste Frau, die bei der Geburt *dabei* ist.

HERBERT Ja, was ist es denn dann? Warum machst du denn dann so ein langes Gesicht? Wenn alles in Ordnung ist mit deiner Schwangerschaft?

GÜNTHER Hm! »Alles« ist gut. – Der Geburtstermin fällt genau auf den Tag des Rückspiels Bayern München gegen Eintracht Frankfurt.

HERBERT O Mann!

Auf dem Standesamt

Brautleute, Eltern der Braut und Mutter des Bräutigams im Trauzimmer des Standesamtes. Vor ihnen eine weiße Wand, in die ein Computer mit Tastatur und Bildschirm sowie Mikrofon und Lautsprecher integriert sind. In der Ecke ein elektronisches Klavier. – Die Brautleute stehen vor der weißen Wand, die Eltern etwas im Hintergrund.

ELEKTRONISCHER STANDESBEAMTER *(aus dem Lautsprecher)* Guten Tag! Wir begrüßen Sie zur Trauungsfeierlichkeit in unserem vollelektronischen Standesamt und beglückwünschen Sie zum erfolgreichen Abschluß Ihrer Partnersuche. Ihre Trauung wird hier unter strengsten Richtlinien des Datenschutzes nach der neuen Euro-Norm, Absatz 4, Brautleute 1 bis 5, vollzogen. Scheidungen sind frühestens 24 Stunden nach Beendigung der Computertrauung möglich – Raum 24. Geben Sie zur Identifizierung Ihrer Identität nun Ihre Chromosomenkarte in den rechten Decoderschlitz unter dem elektronischen Standesbeamten ein. Danke! *(Der Bräutigam führt seine Kennkarte ein, die Braut ist etwas brüskiert, daß er ihr nicht den Vortritt läßt, und schaut leicht säuerlich. Dann schiebt sie die Karte ein. Das elektronische Klavier spielt prompt den Hochzeitsmarsch von Felix Mendelssohn Bartholdy.)*

ELEKTRONISCHER STANDESBEAMTER Danke! Sie sind Herr Super, Richard, und Frau Saft, Beate. Die Gebühren für den Bund fürs Leben betragen 550 Mark und werden automatisch von Ihrem Konto abgebucht. Geben Sie hierzu bitte die Kontonummer Ihres Girokontos ein.

BRAUTVATER *(tritt vor)* Das übernehme ich. *(gibt seine Bankverbindung in die Tastatur ein)*

ELEKTRONISCHER STANDESBEAMTER Danke! Ihr Konto Nummer 177625, Stadtsparkasse Viernheim, ist gedeckt, die elektronische Trauung wird nun initialisiert. *(Es piepst lange und laut.)*

BRAUTMUTTER Also, das ist irgendwie gar nicht romantisch.

BRAUTVATER Wart ab.

ELEKTRONISCHER STANDESBEAMTER Bitte passen Sie Ihre Stimmung dem erhebenden Augenblick an. *(Es piepst.)* Wünschen Sie Gütertrennung, sagen Sie nun bitte laut und deutlich »eins«, wünschen Sie eine Vermählung ohne Gütertrennung, sagen Sie bitte laut und deutlich »zwei«.

BRÄUTIGAM *(ohne die Braut anzusehen)* Eins.

BRAUT *(ohne den Bräutigam anzusehen)* Eins.

ELEKTRONISCHER STANDESBEAMTER Danke! Sie wünschen eine Vermählung mit Gütertrennung. Nennen Sie bitte nun den Namen, mit dem Sie nach Ihrer Trauung in allen öffentlichen Netzen einschließlich der Datenautobahn des Finanzamtes und Ihrer Chromosomenkarte geführt werden wollen. *(Es piepst.)*

BRAUT Saft, Beate!

BRÄUTIGAM Super, Richard.

BRÄUTIGAMMUTTER *(tritt von hinten nahe an den Bräutigam)* Das geht doch nicht, daß sie anders heißt als du.

ELEKTRONISCHER STANDESBEAMTER Danke! Führung der Geburtsnamen erwünscht. Die elektronischen Trauzeugen sind im Preis inbegriffen und werden Ihnen nun programmimmanent zur Verfügung gestellt.

(Es piepst.)

(Das elektronische Klavier beginnt von neuem den Hochzeitsmarsch.)

BRAUTMUTTER Das macht ja einen fürchterlichen Krach.

BRAUTVATER Das ist der Hochzeitsmarsch von Bartholdy.

BRAUTMUTTER Ach nein?

ELEKTRONISCHER STANDESBEAMTER Zur fehlerfreien Durchführung Ihrer Trauung benötigt der elektronische Standesbeamte den Schrifttyp Ihrer Heiratsurkunde. Wünschen Sie Gothic, Times oder Helvetica. Sagen Sie bitte »eins« für Gothic, »zwei« für Helvetica und »drei« für Times.

BRAUT Drei.
BRÄUTIGAM Zwei. } *(zusammen)*

ELEKTRONISCHER STANDESBEAMTER Stop! Sie haben an einer Stelle zwei Ziffern genannt! *(Es piepst mehrmals.)*

BRAUT Aber Times ist doch viel gediegener.

BRÄUTIGAM Aber Helvetica viel moderner.

ELEKTRONISCHER STANDESBEAMTER Bitte wiederholen Sie den Vorgang. Sagen Sie »eins« für Gothic, »zwei« für Helvetica und »drei« für Times.

BRAUT Ich dachte, wir hätten uns für Times entschieden.

BRÄUTIGAM Wir haben doch gar nicht darüber geredet, wie unsere Heiratsurkunde aussehen soll.

BRAUT Aber natürlich. Wir haben alles genau festgelegt, als wir die Hochzeit auf meinem Notebook simuliert haben.

BRÄUTIGAM Daran kann ich mich nicht erinnern.

BRÄUTIGAMMUTTER *(über die Schulter ihres Sohnes)* Da siehst du, wie sie ist, Richard.

BRÄUTIGAM Du kannst mir glauben, ich kenne mich mit Schriftarten aus.

BRAUT Und ich? Kenne ich mich etwa nicht mit Schriftarten aus? Als Kommunikationsdesignerin?

BRAUTMUTTER Könnt ihr nicht endlich heiraten, Kinder. *(tupft sich mit einem Taschentuch die Augen)*

ELEKTRONISCHER STANDESBEAMTER Sagen Sie bitte »eins« für Gothic, »zwei« für Helvetica und »drei« für Times.

BRAUTMUTTER Das ist ja schrecklich. *(Das elektronische Klavier beginnt erneut den Hochzeitsmarsch.)*

BRAUT Ich denke nicht daran, daß ich bei der Gestaltung unserer Heiratsurkunde nach seiner Pfeife tanzen soll, wo ich mich den ganzen Tag mit Layouts beschäftige.

BRAUTMUTTER Man muß einem Mann auch mal nachgeben können, Kind.

BRAUT Ach was!

BRÄUTIGAMMUTTER Sehr richtig!

BRAUTMUTTER *(zur Bräutigammutter)* So habe ich das nicht gemeint!

BRAUT Ich mache den ganzen Tag Schriftsatz, Layouts und wieder Schriftsatz, und der Herr Erdkundelehrer bestimmt das Design unserer Heiratsurkunde!

BRÄUTIGAM *(zur Braut)* Mußt du denn immer gleich durchdrehen?!

BRAUT Was?!

BRÄUTIGAMMUTTER Was habe ich dir gesagt, Richard?

BRAUT *(zur Bräutigammutter)* Sie halten den Mund!

BRAUTMUTTER Kinder!

BRÄUTIGAMMUTTER *(fassungslos)* Oh!

ELEKTRONISCHER STANDESBEAMTER Sagen Sie »eins« für Gothic, »zwei« für Helvetica und »drei« für Times.

BRAUTVATER Seht mal, das ist doch alles nicht so wichtig, mit der Heiratsurkunde.

BRAUT Es geht um mehr, Papa!

BRÄUTIGAMMUTTER Ich verlange, daß du mich vor dieser

Person *(zeigt auf die Braut)* in Schutz nimmst, Richard!

BRÄUTIGAM Mutter!

ELEKTRONISCHER STANDESBEAMTER Achtung! Aktivität im Liebeszentrum des limbischen Systems bei Saft, Beate, um 32 Prozentpunkte gefallen. Wollen Sie mit der Trauung fortfahren, drücken Sie »Enter«, wollen Sie den Trauvorgang abbrechen, sagen Sie laut und deutlich »Escape«.

BRAUT Ich sehe das nicht ein. Esc …

BRAUTVATER *(hält ihr den Mund zu)* Kind, tu doch nichts Unüberlegtes. Nur wegen des Schrifttyps auf einer Urkunde!

BRAUT *(macht sich los)* Für mich sind Schriftarten etwas Wichtiges! Ich lasse mich nicht unterdrücken!

BRÄUTIGAMMUTTER Siehst du jetzt, wie diese Person wirklich ist? Ich hoffe, dir gehen die Augen auf, Junge.

BRÄUTIGAM Jetzt laß mich doch endlich in Ruh, Mutter.
(Das elektronische Klavier beginnt erneut den Hochzeitsmarsch.)

BRAUTVATER Du bist einfach zu modern, Beate.

BRÄUTIGAMMUTTER Was soll ich? *(beginnt zu heulen)* Das ganze Leben habe ich mich um dich gekümmert, und jetzt …

BRAUT *(zum Bräutigam)* Deine Mutter hat mich noch nie leiden können.

BRAUTMUTTER *(schaut zur Bräutigammutter)* Schrecklich, mit dieser Person verwandt zu werden.

BRÄUTIGAM *(zur Braut)* Hack doch nicht immer auf meiner Mutter herum. Du siehst doch, daß sie weint.

BRAUT Entweder wir heiraten in Times bold italic, oder …

BRAUTVATER *(geht zum Computer)* Wie lösche ich denn hier bloß meine Bankverbindung wieder? *(steht ratlos vor der Tastatur)*

BRAUTMUTTER Das ist ja eine Katastrophe, Ewald!

ELEKTRONISCHER STANDESBEAMTER Abfall der Aktivität im Liebeszentrum des limbischen Systems bei Saft, Beate, größer 50 Prozentpunkte, Aktivität bei Super, Richard, null Prozent. *(Es piepst laut und anhaltend.)*

BRAUTMUTTER Was heißt denn das schon wieder?

BRAUTVATER Die lieben sich nicht, Agathe.

BRAUTMUTTER Was? – Ich habe ja gleich gesagt, Computertrauung, das kann ja nichts werden.

BRAUT Dann lassen wir es eben bleiben!

BRÄUTIGAM Aber Beate, wo unsere DNA so gut zusammenpaßt.

BRAUT Deswegen lasse ich mir von dir nichts vorschreiben.

BRÄUTIGAMMUTTER Du findest doch überall eine DNA-Trägerin, die gut zu dir paßt, Junge, bei deiner Figur.

BRAUT Du kommst doch von deiner Mutter nicht los.

BRAUTVATER *(an der Tastatur)* Gott sei Dank, meine Bankverbindung habe ich gelöscht. Ich sehe nicht ein, daß mir für dieses Desaster auch noch 550 Mark von meinem Konto abgebucht werden.

ELEKTRONISCHER STANDESBEAMTER Stop! *(Es piepst laut und nervtötend.)* Bankverbindung fehlerhaft. Stop! Fortsetzung der Trauung nicht möglich. Stop!
(Der Computer stürzt ab, das elektronische Klavier verstummt schlagartig.)

BRÄUTIGAM *(für sich)* Keine Aktivität in meinem limbischen System, hat der gesagt?

BRAUT *(höchst verärgert zum Bräutigam)* Gott sei Dank ist der Computer abgestürzt!

BRAUTMUTTER War das jetzt alles, Kinder? Ich komme nicht mehr mit …
(Die Hochzeitsgesellschaft verläßt mißmutig das Trauzimmer.)

BRAUTMUTTER Sind sie jetzt verheiratet oder nicht?

BRAUTVATER Nein, Herrgott!

BRAUT Null Prozent, aber mir vorschreiben, welche Schrifttypen wir nehmen müssen. Typisch!
(Der Bräutigam wendet sich ab.)

BRÄUTIGAMMUTTER *(hakt ihren Sohn ein und geht mit ihm weg)* Gott sei Dank, Richard! Diese Person!

BRÄUTIGAM *(zu seiner Mutter)* Vielleicht kann man auch aus deiner und meiner DNA etwas machen, ich meine, ohne daß es Inzest ist. Heute gibt es doch tausend Möglichkeiten, und Heirat, das ist wirklich überholt.
(wirft der Braut einen verlegenen Blick zu)

BRÄUTIGAMMUTTER *(glücklich)* Eben, Richard.
(Bräutigammutter und Bräutigam, ohne sich von den anderen zu verabschieden, ab.)

BRAUTMUTTER Mir ist das alles zu hoch, Kinder. *(tupft sich die Stirn)*

BRAUTVATER Du hast doch gesehen, der Standesamtcomputer hat angezeigt, daß sie sich im limbischen System gar nicht lieben.

BRAUTMUTTER Wo?

BRAUTVATER *(ungeduldig)* Im limbischen System! Sie haben es sich nur eingebildet.

BRAUTMUTTER *(plötzlich ganz entzückt)* Ach was? – Gott, Ewald, vielleicht ist das doch nicht so schlecht, elektronische Trauung? Vielleicht hätte es so etwas zu unserer Zeit auch schon geben sollen …?

BRAUTVATER *(schaut die Brautmutter entsetzt an)* Wie meinst du das?

BRAUTMUTTER *(lächelnd)* Nur so.
(Sie hakt ihren Mann ein und führt ihn hinaus, Braut bleibt verärgert zurück.)

Ostern

Ostersonntag. Österlich geschmücktes Heim.

VATER An Ostern wird in die Kirche gegangen.

SOHN Warum denn?

MUTTER Jetzt zieh deinen Anzug an.

SOHN Der kratzt.

VATER *(zum Sohn)* Du ziehst jetzt deinen Anzug an. *(schaut in den Spiegel)* Herrgottsakra! Warum ist denn das dämliche Hemd so eng?

MUTTER Weil du zuviel trinkst.

VATER Was soll denn das jetzt? Man wird doch nicht nur vom Trinken dick. Aber dann beklage dich nicht wieder, daß an den Feiertagen keine Harmonie bei uns herrscht, gell! – Au. *(zwängt sich ins Hemd)*

SOHN Wir gehen doch sonst nie in die Kirche.

MUTTER An Ostern ist der höchste kirchliche Feiertag, und jetzt zieh dir die Schuhe an.

VATER Wenn wir schon das ganze Jahr nicht in die Kirche gehen, wirst du es ja wohl wenigstens an Ostern aushalten.

MUTTER Genau. Wie Vater sagt.

SOHN *(hält ein Stofftier hoch)* Darf ich das Lamm mitnehmen?

MUTTER Ja.

VATER Das Lamm bleibt da. } *(zusammen)*

SOHN *(sieht die Eltern fragend an)*

VATER Von mir aus. Nimm's mit. *(zur Mutter, Sohn beobachtet die Eltern)* So begreift der nie, was der Sinn des

Osterfestes ist. Verdammt, ist das Hemd eng. Ich zieh'
jetzt ein anderes an.

MUTTER Wir kommen zu spät. *(zieht sich eilig an)*

SOHN Was ist denn der Sinn des Osterfestes?

VATER Ja, lernt ihr das nicht in der Schule?

SOHN Nein!

VATER Marianne, der weiß nicht einmal, was der Sinn des
Osterfestes ist.

MUTTER Ja, mein Gott! Da wird's Zeit, daß wir in die Kirche
kommen.

SOHN Was ist denn der Sinn von Ostern?

VATER Jetzt red nicht rum und beeil dich.

MUTTER Seid ihr fertig? *(fertig angezogen, geht zur Haustür)*

VATER Gleich.

MUTTER Thomas!

SOHN *(geht zur Mutter und stellt sich vor sie)* Der Sinn des
Osterfestes, Mama?!

VATER Der Sinn des Osterfestes, der Sinn des Osterfestes!
Hast du die Haustürschlüssel?

MUTTER Ja doch.

VATER Der Sinn des Osterfestes ist … ist der PC aus?

SOHN Ja. *(sieht die Mutter fragend an)*

MUTTER Mein Gott, da ist Weihrauch, Kind, und klassische
Musik und alles so feierlich. Jetzt müssen wir aber gehn.

VATER Wir sind nun mal katholisch. Los. *(schließt die Haustür ab und schubst den Sohn ins Auto)*
(Sie steigen ins Auto ein und fahren los.)

VATER Sonst könnten wir einen Haufen Geld sparen. Kir-
chensteuer.

MUTTER Mein Gott, wie redest du denn?

VATER Ich trete ja nicht aus.

MUTTER An Ostern!

VATER Ist doch wahr. Parkplätze gibt's auch keine. Aber

wenn ich vor der Kirche wieder einen Strafzettel kriege wie letztes Jahr, dann …

SOHN Ich weiß immer noch nicht, was der Sinn des Osterfestes ist.

MUTTER Jetzt sei endlich still. Du siehst doch, daß es keinen Parkplatz gibt.

VATER Na also.

(Vater nimmt jemandem den Parkplatz weg und parkt ein. Alles steigt aus.)

VATER Hoffentlich dauert das nicht wieder ewig.

MUTTER Ich muß auch noch den Braten aufsetzen.

SOHN Der Sinn des Osterfestes ist nämlich …

VATER Jetzt sei endlich still! Der Sinn des Osterfestes ist, daß man nicht alles besser weiß und den Mund hält. Verstanden? *(Ohrfeige – Vater schiebt den Sohn in die Kirche, Kind heult, Vater und Mutter singen laut mit: »Christ ist erstanden«.)*

Männer brauchen Hilfe

In der Küche. Er steht vor der geöffneten Geschirrspülmaschine und schaut hinein. Helga ist im Nebenzimmer.

ER   Heute helfe ich dir einmal beim Ausräumen der Geschirrspülmaschine. *(zieht mit spitzen Fingern einen Teller aus der Geschirrspülmaschine heraus und betrachtet ihn, ruft)* Und wo kommt das hin, Helga?

SIE   *(aus dem Nebenraum)* Was?

ER   Die Dessertteller?

SIE   Unten links.

ER   Wo? Unten links?

SIE   Unter der Mikrowelle.

ER   Unter der Mikrowelle? Unter der Mikrowelle sind *zwei* Türen, eine große und eine kleine.

SIE   Wo die Kompottschälchen sind.

ER   Welche Kompottschälchen?
(Sie kommt aus dem Nebenraum.)

ER   Du mußt dich schon präziser ausdrücken.
(Sie nimmt ihm den Dessertteller aus der Hand und räumt ihn ein.)

ER   Wenn man keine präzisen Angaben bekommt, kann man auch nicht helfen.
(Von jetzt an steht er daneben, während sie flink die Geschirrspülmaschine ausräumt.)

ER   Du weißt, wie gern ich dir helfe, wie wichtig ich es finde, daß Männer auch einmal im Haushalt zupacken. Daß sie nicht immer nur herumstehen und große Reden schwingen. Aber ohne präzise Angaben? Man muß es ihnen doch zuerst zeigen, sie brauchen eine Anleitung, da wirst du mir bestimmt recht geben? Männer brauchen Hilfe, sie sind doch im Grunde so schwach. *(öffnet eine Tür)* Ach, da stehen die Schüsseln? Interessant. Es gibt so vieles auf der Welt, was man noch nicht weiß, was man noch entdecken kann. *(öffnet eine andere Tür)* Faszinierend. Ich verstehe gar nicht, warum sich Männer bislang immer vor dem Haushalt gedrückt haben, das ist doch alles faszinierend, diese kleinen, winzigen Gläschen hier, zum Beispiel. *(holt eines raus)* Sieh mal, Helga.

SIE *(während sie weiterarbeitet)* Ich weiß.

ER Du siehst ja gar nicht hin. *(steht entzückt mit Gläschen)*

SIE Ich sehe sie ja jeden Tag.

ER Wirklich? So kleine Gläschen? So kleine, niedliche Gläschen. Muß man da nicht schrecklich Angst haben, daß man die zerbricht?

SIE Ich bin jetzt fertig. *(macht Geschirrspülmaschine und Schränke zu)*

ER Womit?

SIE Mit dem Ausräumen der Geschirrspülmaschine.

ER Mit dem Ausräumen der Geschirrspülmaschine? Aber Helga? Dabei wollte ich dir doch helfen.

SIE *(wendet sich zum Gehen)*

ER Wenn du so schnell machst, kann ich dir ja gar nicht helfen.

SIE Ich gehe rüber.

(Sie geht ins Wohnzimmer, er hinter ihr her.)

ER Weißt du was? Manchmal glaube ich, du willst gar nicht, daß ich dir helfe. Deine Eile, die ganze Hektik, das kommt alles nur, damit ich dir nicht helfen kann. Ja! Und dann heißt es, Männer helfen nicht im Haushalt! Ja, das ist es, deswegen fummelt ihr Weiber ewig im Haushalt herum, damit ihr uns schlechtmachen könnt. Ekelhaft. Hörst du?!

SIE Ich bin müde, Paul. *(macht den Fernseher an)*

ER Müde, ja, das ist typisch. Wenn man mit ihnen diskutieren will, sind sie müde. Von der Hausarbeit, die sie uns vorenthalten. Es ist wirklich grotesk.
(Er macht den Fernseher aus und geht ins Schlafzimmer, ruft von dort.)

ER Aber das eine sage ich dir, morgen helfe ich dir nicht im Haushalt. Dann kannst du alles alleine machen. Alles. Ich brauche Hilfe, nicht du.

(Haut die Tür zu. Ende.)

Fernsehabend
Ein Jahrhundertereignis

Wohnzimmer. Vater, Mutter und Oma sitzen vor dem Fernseher. Mutter hält die Fernsteuerung in der Hand. Die Tochter steht auf dem Balkon.

VATER Jetzt schalte doch mal zu »Das Dritte Reich« um. Da kommt was über das Dritte Reich.

MUTTER Ich will aber »Derrick« sehen.

VATER »Derrick«! Wir sollen doch die Vergangenheit aufarbeiten.

OMA Und die Lottozahlen?

VATER Ihr habt doch gar keine Verantwortung.

OMA Und ich habe vielleicht im Lotto gewonnen.

MUTTER Ich muß mich jetzt einmal entspannen. Ich habe den ganzen Tag Maultaschen gekocht.

VATER Wenn Deutschland aus lauter solchen Ignoranten besteht.

TOCHTER *(kommt mit Fernglas aufgeregt vom Balkon herein)* Draußen ist der Komet.

VATER Wer?

MUTTER Ich will jetzt einfach entspannen.

TOCHTER Der kommt erst in 650 Millionen Jahren wieder.

MUTTER Na und.

OMA Daß ich im Lotto gewinne, kommt auch nur alle 650 Millionen Jahre vor.

TOCHTER So etwas muß man doch sehen.

VATER Deine Mutter schaut »Derrick«.

MUTTER Es wird kalt, Kind. *(zeigt auf die Balkontür)*

TOCHTER Ich verstehe euch nicht. *(ab auf den Balkon)*

VATER Ich auch nicht. *(beleidigt)*

MUTTER Na schön, dann schalten wir eben um.

VATER Nein! Kommt nicht in Frage. Dann heißt es wieder, ich sei autoritär.

MUTTER Ich denke, du willst »Das Dritte Reich« sehen.

VATER Nein! Kommt nicht in Frage.

MUTTER Also willst du jetzt das Dritte Reich sehen oder nicht?

OMA Schalt doch auf die Lottozahlen um, Helga. Das Dritte Reich habe ich doch lange genug ansehen müssen.

MUTTER Na schön. Dann wird eben etwas Neutrales geguckt. *(liest in der Programmzeitschrift)* Hale-Bopp in RTL. Was ist denn das? *(liest nach)* Ach, der Komet. – *(ruft laut)* Claudia, komm rein, du kannst den Kometen im Fernsehen sehen.

VATER *(ruft laut)* Claudia! Der Komet ist in RTL.

TOCHTER *(winkt auf dem Balkon ab)*

MUTTER Also, manchmal verstehe ich Claudia nicht. Steht stundenlang auf dem Balkon im Kalten, obwohl sie den Kometen wunderbar im Fernsehen sehen kann.

OMA Ja, mein Gott, junge Leute.

Alles schläft in sanfter Eintracht vor dem Kometen in RTL ein. Ende des Jahrhundertereignisses.

Sonntagsausflug

*Auf der Kerwe vor einer Schießbude. Vater steht mit angeleg-
tem Gewehr, zielt auf eine Pyramide aus Metallzylindern und
schießt mehrfach daneben. Mutter tritt von einem Fuß auf den
anderen.*

KIND *(unruhig)* Mama.

VATER *(lädt das Gewehr nach)* Wer wollte denn auf den
    Rummelplatz? Wie? *(legt erneut das Gewehr an)* Ruhe
    jetzt!

KIND Ich will keinen Teddy. *(heult)*
    (Vater schießt erneut – daneben.)

VATER *(kauft eine neue Ration Munition beim Schießbuden-
    besitzer)* Das ist ja vollkommen pervers.

MUTTER Günther!

VATER Stimmt doch. Andere Kinder freuen sich, wenn sie ei-
    nen Teddy bekommen.

MUTTER 76 Mark! Du bist verrückt.

VATER Ist doch wahr. *(zielt, schießt daneben, zum Sohn)* Wenn
    du andauernd heulst, kann ich natürlich nicht treffen.

MUTTER Hör doch auf, Tommy. *(wischt ihm die Tränen ab)*
    Günther, bitte.

VATER Meinst du, jetzt höre ich auf, wo ich schon 76 Mark
    in diesen dämlichen Teddy investiert habe? – Noch
    mal drei Schuß.

MUTTER Du bist wahnsinnig.

VATER Ich denke ja nicht daran.

KIND Ich will keinen Teddy. Ich will keinen Teddy.
    (Vater legt an, schießt daneben.)

VATER *(zum Sohn)* Du sollst still sein!

MUTTER Schrei doch das Kind nicht so an!

KIND *(schreit den Vater an)* Ich will keinen Teddy.

VATER *(schreit die Mutter an)* Ich schrei' das Kind nicht an!

MUTTER *(schreit den Vater an)* Natürlich schreist du das Kind an.

VATER *(schreit die Mutter an)* Nein!

KIND *(heult fürchterlich)*

MUTTER Doch!

KIND *(heult noch lauter)*

MUTTER
VATER } *(zusammen zum Kind)* Ruhe!

VATER *(schießt wütend – daneben)* Kein Wunder, daß man nicht trifft. Bei so einer Familie.

MUTTER Jetzt reicht's mir bald!

VATER Meinst du, mir reicht es nicht? Dann schieß doch selbst. *(hält ihr das Gewehr hin)*

MUTTER Ich denke nicht daran. Ich will diesen dämlichen Teddy nicht haben, aber du kannst ja nicht damit aufhören. Niemand will diesen dämlichen Teddy.
(Kind heult lauter.)

VATER Ich, Susanne, ich, dein Mann, ich kriege, was ich will, verstehst du? Und wenn Kimme und Korn in dieser verdammten Schießbude noch so verbogen sind!

SCHIESSBUDENBESITZER Heh, heh!

VATER Ich schieße diese Pyramide über den Haufen, daß es kracht. Zack. Verstehst du? *(schießt in die Luft)*

SCHIESSBUDENBESITZER Heh, heh!

MUTTER Günther!

KIND *(heult)* Ich will nach Hause.

VATER Ich lass' mich nicht kleinkriegen! *(legt an und schießt – daneben)* Diese Pyramide fliegt, und dann bekomme ich diesen verdammten Bär. *(kauft Munition und schießt)*

MUTTER Ich sage nichts mehr.

KIND *(penetrant)* Ich will nach Hause. Ich will nach Hause.

MUTTER *(entnervt)* Ruhe jetzt!

VATER Ruhe!

MUTTER O mein Gott, ein wunderbarer Ausflug.

KIND Ich will nach Hause.

MUTTER Ruhe! *(gibt dem Sohn eine Ohrfeige)*
    (Kind heult, Mutter schluchzt.)

VATER *(schießt und trifft, dreht sich großartig zu seiner Frau
    um)* Na bitte. *(zum Schießbudenbesitzer)* Den Teddy
    da! Nicht den. Den!
    (Der Schießbudenbesitzer gibt dem Vater den Teddy.)

VATER *(stolz)* Was habe ich gesagt?

MUTTER Bravo! 103 Mark hat uns der gekostet.

VATER Für Tommy ist mir eben nichts zu teuer. Nichts. *(gibt
    den Teddy dem Kind)*

KIND *(schmeißt den Teddy wütend weg)* Ich will keinen
    Teddy. Ich will keinen Teddy.

VATER Manchmal frage ich mich wirklich: Warum bringe ich
    mich halb um – für euch? Warum eigentlich? Ihr wißt
    es doch gar nicht zu schätzen. Gar nicht zu schätzen.
    (geht beleidigt allein voraus, Mutter mit Kind hinterher)

MUTTER Günther! Jetzt renn doch nicht fort. Günther!

*(Mutter eilig dem Vater nach, schleift das Kind, das sich heftig
entgegenstemmt, an der Hand hinterher, Kind heult, Ende.)*

Vollkommen fertig
Monolog des Ehemanns

Natürlich habe ich sie geschlagen. Grün und blau habe ich meine Frau geschlagen. Ich war so verzweifelt, daß ich sie wieder grün und blau geschlagen hatte, schon zum drittenmal in dieser Woche. Blutig, krankenhausreif. Und wie sie geschrien hat. Ich habe so darunter gelitten, wie sie geschrien hat, als ich auf sie einschlug. Ins Gesicht, auf den Kopf, mein Gott, hat sie geschrien. Und als ich sie in die Brust trat, entsetzliche Schreie waren das. Ich werde sie nie vergessen. Ich war vollkommen fertig, als ich fertig war. Ich war am Ende. *(sieht auf)* Denken Sie, sie hat mich getröstet? Danach? Denken Sie das? Ja? Sie hat mich nicht einmal angeschaut. Ich habe geheult, ich habe geschrien, so mitgenommen hat es mich, daß ich sie geschlagen habe, aber sie hat mich nicht einmal angeschaut. Geschweige denn ein Wort. Kein Wort. Sie war stur. Stur wie immer. Mein Schmerz war ihr völlig egal. Ihre Wunden heilen wieder, aber ob meine je wieder heilen. Meine Wunden sind tiefe Seelenwunden, Wunden, die ich so leicht nicht wieder loswerde. Kann man so etwas vergessen, daß man seine Frau grün und blau geschlagen, ihr das Nasenbein gebrochen hat? Nein, das kann man nicht vergessen. Ein gebrochenes Nasenbein, das hat man nach ein paar Wochen wieder vergessen, das ist ausgeheilt, aber die Seele, meine Seele heilt nie mehr. Der Verursacher des Nasenbeinbruchs ist doch viel stärker geschädigt als derjenige, dessen Nasenbein gebrochen ist. Noch dazu, wenn er sensibel ist wie ich. Ich bin so sensibel. Ich bin viel zu sensibel, um meine Frau zu schlagen, aber ich schlage sie trotzdem, das ist doch das, was die ganze Sache so schlimm für mich macht. Ria ist zäh, aber ich bin sensibel. Einen Nasenbeinbruch, den hat sie in ein paar Tagen weggesteckt, aber meine Seele ist auf immer verwundet. Meine Seele, die schon wund ist, wird, indem ich schlage, noch einmal verletzt. Wie soll das jemals heilen? Mein Gott, wenn ich daran denke, wie es mir ging, als ich sie geschlagen habe. Ich darf nie mehr daran denken, was ich da gelitten habe. Es war schrecklich. Unerträglich. Ich wünschte, ich wäre derjenige, der verprügelt worden ist. Aber das sieht Ria natürlich nicht. Sie sieht nichts, was mich angeht. Sie redet nur in einer Selbsthilfegruppe mißhandelter Frauen von meiner gräßlichen Brutalität. Dabei verbirgt sich dahinter meine unendliche Sensibilität. Aber Ria wird sie nie entdecken. Ria denkt nur an sich. An ihre Wunden und ihre Brüche und ihre Krankenhausaufenthalte, die sie wegen mir durchgemacht hat. Aber an mich denkt sie gar nicht. Ich bin für sie Luft. Ria wäre wunderbar, wenn sie nicht jemand wäre, der permanent den Anspruch stellt, daß er selbst auch jemand ist. Ewig ist sie mit ihrem eigenen Leben beschäftigt. Ja, vielleicht schlage ich sie deshalb, damit sie endlich mit ihrem Leben aufhört und sich um meines kümmert. Ich brauche sie doch, wenn sie wüßte, wie sehr ich sie brauche, für mein Leben. Und da lebt sie ewig ihr eigenes. Das muß doch endlich aufhören, Ria. Hör auf. Wenn du nicht endlich damit aufhörst, erschlage ich dich. *(schlägt wild um sich, alles in der Wohnung geht zu Bruch)* Ich liebe dich. Ich liebe dich. *(hält erschöpft inne, hebt die Scherben auf)* Das sind doch alles Liebesbeweise. Deine blauen Flecken. Deine Brüche. – Aber was versteht Ria schon von Liebe? *(läßt die Scherben fallen und geht ab)* Nichts.

Zu Bethlehem geboren
Drama in einem Akt

Schauplatz: Stall zu Bethlehem, über dem Stall hell der Komet
Personen: Maria, Joseph, das Kindlein

*Maria wickelt das Kindlein und singt. Joseph steht vor dem
Stall und raucht eine Zigarette.*

MARIA *(singt)* Joseph, lieber Joseph mein, hilf mir wiegen
mein Kindelein, Gott, der wird dein … *(plötzlich außer
sich)* Joseph!
JOSEPH *(von draußen)* Was ist denn?
MARIA Joseph!
JOSEPH *(kommt herein)* Was hast du denn? Maria?!
MARIA Joseph, es ist etwas Fürchterliches passiert.
JOSEPH Was denn?
MARIA Hier. Sieh!
(Maria gibt Joseph das Kindlein.)
JOSEPH *(fährt zusammen)* Jessas, Maria und Joseph! Es ist
weiblich!

Komet aus. Licht aus. Ende.

UMSATZ
UND
CHROMOSOMEN

Die Innovation

Im Konferenzsaal einer Miederwarenfirma. Die Konferenzteil-
nehmer – alle sehr konservativ gekleidet – sitzen um den Kon-
ferenztisch und hören gebannt dem Direktor zu.

DIREKTOR Deswegen setzen wir uns jetzt auf den Boden.
  (steht auf)
  (Die anderen Konferenzteilnehmer stehen ebenfalls auf,
  rücken den Konferenztisch und die Stühle aus dem Weg
  und setzen sich umständlich und eher widerwillig auf
  den Boden.)
DIREKTOR *(während er sich anschickt, sich auf den Boden zu*
  setzen, sehr freundlich zu seinen Mitarbeitern) Ich heiße
  übrigens Detlev.
HERR MERKL, VERTRIEB Herr Direktor ...
DIREKTOR Bitte nennen Sie mich Detlev.
HERR MERKL, VERTRIEB Ja, also, Detlev, ich weiß nicht,
  ob wir angesichts des Modena-Versand-Großauftra-
  ges nicht lieber die heutige Konferenz noch einmal an
  Tischen ...?
DIREKTOR *(ohne ihn zu beachten, hält sich das Kreuz)* Ich
  habe nämlich Lumbago, also Hexenschuß. *(läßt sich*
  lächelnd zu Boden gleiten)
FRAU KURZ VOM EXPORT *(legt sich völlig hemmungslos*
  lang auf den Boden) Ich heiße Erika und finde es toll,
  daß endlich mehr Menschlichkeit in die Firma einzieht.
  (Alle anderen Konferenzteilnehmer sitzen nun sichtlich
  gehemmt auf dem Boden und schauen zum Direktor.)
DIREKTOR Man soll den Gewinn durch ein besseres Ar-

beitsklima um 81 Prozent steigern können, sagt Düsenschneider, Körner und Fies.

HERR BLOMEL, BUCHHALTUNG Ich bin bei Unternehmensberatungen immer sehr skeptisch, Herr Direktor.

HERR SCHULZE, FERTIGUNG *(meldet sich zu Wort)*

DIREKTOR Ja bitte.

HERR SCHULZE, FERTIGUNG Also, ich wollte da auf Schwierigkeiten in der Fertigung des neuen MC 5-400 aufmerksam machen, Herr Direktor. Ich meine, Detlev.

DIREKTOR Nein, nein, nein. In der heutigen Konferenz bitte nichts von der Fertigung und nichts von der Produktion. Mehr persönliche Themen, hat die Unternehmensberatung gesagt.

DR. STRICKER, GESCHÄFTSFÜHRER ELASTOMIEDER *(völlig unvermittelt)* Ich gehe jeden Abend um 20 Uhr 15 mit meinem Dackel Oskar Gassi.

DIREKTOR *(entzückt)* Ja! Ja, so ist es gut, Herr Doktor, ich meine, wie heißen Sie mit Vornamen?

DR. STRICKER, GESCHÄFTSFÜHRER ELASTOMIEDER Gustav.

DIREKTOR Gustav. So ist es gut. Das hast du sehr schön gemacht. Spüren Sie diese persönliche Atmosphäre, also spürt ihr das? Weniger äh Mißtrauen, mehr äh Vertrauen.

(Die anderen nicken verlegen.)

DIREKTOR Nun stellen Sie doch Herrn Dr. Stricker, ich meine Gustav, mal eine Frage, damit die lockere Atmosphäre erhalten bleibt.

FRAU KURZ VOM EXPORT Wie oft gehst du denn mit deinem Dackel, Gustav?

DR. STRICKER, GESCHÄFTSFÜHRER ELASTOMIEDER Dreimal am Tag. Um 7 Uhr 20, um 20 Uhr 15 und um 15 Uhr 4. Da geht meine Frau.

DIREKTOR *(begeistert)* Ja, ja. So ist es gut. So ist es wunderbar. Merken Sie, wie wir uns näherkommen? Merkt ihr das? Nur, wenn die Geschäftsführung sich in dieser Konferenz vollkommen löst, kann sie die gelöste Atmosphäre an die Unterabteilungen weitergeben. Nur dann können wir aus dem Zuschnitt innovative Ideen erwarten. Also mehr Kreativität oder wie das heißt.

HERR BLOMEL, BUCHHALTUNG Ich halte die Unternehmensberatung Düsenschneider, Körner und Fies für einen ganz suspekten Verein, Herr Direktor.

DIREKTOR Ich heiße Detlev, zum Kuckuck!

HERR BLOMEL, BUCHHALTUNG Pardon, Herr Detlev.

DIREKTOR Gerade in der Miederwarenbranche ist Kreativität unerläßlich! *(legt sich auf dem Boden lang)* Spürt jemand eine Intuition?

HERR KÜSTER, ZUSCHNITT *(entrückt)* Mir fällt da gerade ein neues Damenmieder ein. Mit Strapsen. Ich sehe es direkt vor mir.

DIREKTOR Gut, Herr Küster.

HERR KÜSTER, ZUSCHNITT Dürfte ich zu diesem Zweck mal ganz locker Frau Dr. Klötzer bemühen? *(will den Rock von Frau Dr. Klötzer hochziehen)*

DIREKTOR Aber bitte.

FRAU DR. KLÖTZER, FINANZEN *(schreit auf)* Ah! *(entsetzt)* Aber Herr Direktor! Also, ich weiß nicht. Ich meine Detlev.

DIREKTOR Nun lassen Sie sich doch anfassen. Es dient doch nur der Verbesserung des Betriebsklimas, Frau Dr. Klötzer, und der Innovation, ich meine Heike.

FRAU DR. KLÖTZER, FINANZEN Heidrun. Na schön, von mir aus.

(Frau Dr. Klötzer zieht den Rock hoch, Herr Küster faßt ihre Beine an und fällt plötzlich wild über sie her.)

FRAU DR. KLÖTZER, FINANZEN Ah!

DIREKTOR *(ohne die Szene zu beachten)* Ich bin ganz sicher, meine Herren, wenn wir weiter in so einer lockeren, ich möchte fast sagen, heiteren Atmosphäre arbeiten, wird sich der Teamgeist in unserer Firma wesentlich verbessern. Und damit natürlich die Absatzzahlen.

FRAU DR. KLÖTZER, FINANZEN Hilfe!

HERR SCHULZE, FERTIGUNG Jetzt möcht' ich auch mal. *(wirft das Jackett ab, legt sich zu Frau Kurz und schmust hemmungslos mit ihr)*

DIREKTOR Mehr Lockerheit heißt mehr Kreativität heißt bessere Ideen heißt bessere Produkte heißt mehr Absatz.

(Es klopft. Die Tür des Konferenzraumes wird geöffnet. Frau Posselt, die Chefsekretärin, will mit zwei Herren eintreten, bleibt aber plötzlich wie angewurzelt in der Tür stehen. Alle drei blicken fassungslos auf das wilde Treiben im Konferenzraum und auf den am Boden sitzenden Chef. Die Konferenzteilnehmer lassen sich in keiner Weise stören.)

DIREKTOR Was ist denn, Frau Posselt?

CHEFSEKRETÄRIN *(perplex)* Ich dachte nur, weil Sie sagten … Die Herren vom Modena-Großversand sind jetzt da, Herr Direktor.

DIREKTOR *(ganz selbstverständlich)* Ja bitte. Lassen Sie sie herein.

(Die fassungslose Sekretärin bedeutet den Herren einzutreten. Die Herren treten mit Aktenkoffern ein und erblicken die Szene sprachlos.)

DIREKTOR Wir probieren hier gerade ein neues Betriebsklima aus. Also alles ein wenig lockerer, familiärer, wenn Sie verstehen, was ich meine. Ich heiße übrigens Detlev. *(streckt den Herren die Hand entgegen)*

120

DER ERSTE GESCHÄFTSBESUCHER Steinmann. *(schüttelt dem Direktor kurz die Hand)*

DER ZWEITE GESCHÄFTSBESUCHER *(bitterernst)* Angenehm.

DIREKTOR Der Herr heißt Angenehm.

(Die am Boden fläzenden und liegenden Konferenzteilnehmer lachen hemmungslos, der Geschäftsbesuch ist sichtlich konsterniert.)

DIREKTOR *(zu den Besuchern)* Ein Scherz während der Bürozeiten fördert die Innovation in der Entwicklungsabteilung um 51 Prozent. Wußten Sie das?

DER ERSTE GESCHÄFTSBESUCHER Ach wirklich?

DIREKTOR Ja. Wir arbeiten hier mit neuesten Methoden. Also nicht konservativ, innovativ. Das hier *(hebt den Rock von Frau Dr. Klötzer hoch, die sich verlegen windet)* ist übrigens das neue Damenmieder 406, von dem Sie 480 000 Stück bestellen wollen.

(Die Besucher sehen sich entsetzt an.)

DER ERSTE GESCHÄFTSBESUCHER Ich denke, wir müssen uns das noch mal überlegen. Guten Tag.

(Die Geschäftsbesucher eilig ab. Die Tür fällt krachend ins Schloß.)

DIREKTOR Ich denke, meine Herren, unser neues Betriebsklima hat schon sehr beeindruckt. Oder was meinen Sie, ihr?

Frau Kurz vom Export jauchzt kurz lustvoll auf. Ende.

Gebrauchsanweisung

Stecken Sie den Kardudel in den Puns und öffnen Sie die Parlacke. Vorsicht! Das Mesmenemchen ist am anderen Ende geschlitzt und darf nicht proposieren. Dann strezen Sie den Kadel, so daß er den Pernz berührt, tachtsam in den Sulf. Peret. Anschließend brauchen Sie nur noch den Zwataner in die mitgelieferte Schauser zu tun und den Zagast möglichst fest zu verschließen. Die Pertauer ist nun maßgerecht verdremelt und perdelt nicht mehr im Puns. Das ist der Moment, wo Sie den Kuser verpansen und die hohe Seite in die Galamer am anderen Faht führen. Nun ist der Padomeler fertig, und die Perpudel am Saal steht Ihnen jederzeit zur Verfügung. Sie brauchen nur am Perpesselchen zu ziehen.

Ih-mail

Frau Schmidt und Frau Schneider, zwei Chefsekretärinnen, sitzen in zwei benachbarten, technisch hochgerüsteten Büroräumen vor ihren Computern. Die Verbindungstür zwischen beiden Zimmern ist offen.

COMPUTER VON FRAU SCHMIDT *(mit elektronisch verzerrter Stimme)* Sie haben Post, Sie haben Post!

FRAU SCHMIDT *(ruft stets laut, damit es Frau Schneider im Nachbarzimmer hören kann)* Hallo, Sie, Frau Schneider! Wie geht denn die E-mail?

FRAU SCHNEIDER *(ruft stets laut aus dem Nachbarraum)* Was?

FRAU SCHMIDT Die E-mail. Wie krieg' ich denn die E-mail auf den Schirm?

FRAU SCHNEIDER *(während sie Daten eintippt)* Control und F 10.

FRAU SCHMIDT Was?

FRAU SCHNEIDER Control und F 10.

FRAU SCHMIDT Control und F 10? Aber Control und F 10 geht nicht.

FRAU SCHNEIDER Dann machen Sie mal Steuerung Alt.

FRAU SCHMIDT In Bearbeiten oder Datei?

FRAU SCHNEIDER In E-mail.

FRAU SCHMIDT In E-mail? Ich denke, E-mail muß man in Bearbeiten lesen.

FRAU SCHNEIDER In Bearbeiten können Sie nur bearbeiten.

FRAU SCHMIDT Und lesen?

FRAU SCHNEIDER Lesen ist E-mail.

FRAU SCHMIDT Steuerung Alt geht aber nicht.

FRAU SCHNEIDER *(dreht den Kopf in Richtung Verbindungstür)* Was ist?

FRAU SCHMIDT *(laut, Richtung Nachbarzimmer)* Steuerung Alt geht nicht!

FRAU SCHNEIDER Dann aktualisieren die vielleicht wieder im Export.

FRAU SCHMIDT Mei, die verdammte hausinterne E-mail! Früher hatten wir einen Notizzettel auf dem Tisch, da wußte man wenigstens, was los war.

FRAU SCHNEIDER *(aus dem Nachbarraum laut)* Ich kann nichts hören.

FRAU SCHMIDT Die verdammte E-mail, habe ich gesagt!

FRAU SCHNEIDER Ja, die verdammte E-mail.

FRAU SCHMIDT Was sagen Sie?

FRAU SCHNEIDER Die verdammte E-mail.

FRAU SCHMIDT Ja, so was Verdammtes. – Sie, Frau Schneider?

FRAU SCHNEIDER Wie?

FRAU SCHMIDT Wenn ich Steuerung F 6 drück', komm' ich dann wieder zurück?

FRAU SCHNEIDER Wohin? Nein, machen Sie bloß schnell Return. Sonst löscht der Ihnen doch den Text.

FRAU SCHMIDT Sind Sie da sicher?

FRAU SCHNEIDER Ich hab' doch gestern grad den Vortrag »100 Jahre reiner Rhein« vom Chef gelöscht.

COMPUTER VON FRAU SCHMIDT Sie haben Post, Sie haben Post.

FRAU SCHMIDT Ich versteh' nicht, warum die nicht bei der Hausmitteilung geblieben sind!

FRAU SCHNEIDER Ja, mei. Sie haben ja gehört, wir sollen Papier sparen. Alle Nachrichten innerhalb der Firma nur noch über E-mail.

FRAU SCHMIDT Weil wir so umweltfreundlich sind, gell, und Farbstoffe herstellen, gell? Und Lösungsmittel.

FRAU SCHNEIDER Sie, Frau Schmidt, sagen S' das bloß nicht laut!

FRAU SCHMIDT Das weiß doch jedes Kind, oder?

FRAU SCHNEIDER Trotzdem. Seit die Unternehmensberatung da war, gibt's nicht nur keine firmeninterne Korrespondenz auf Papier mehr, sondern es gibt ein ganz neues Image. Eben total umweltfreundlich.

FRAU SCHMIDT Da können wir dann die Meldung von der Explosion, wenn wieder ein Tank mit PNT platzt, ganz papierlos umweltfreundlich mit E-mail an die Presse schicken, wie?

FRAU SCHNEIDER Zum Beispiel.

COMPUTER VON FRAU SCHMIDT Sie haben Post, Sie haben Post.

FRAU SCHMIDT *(schreit den PC an und haut auf den Monitor)* Ja doch! – Hören S' das, Frau Schneider, hören S' das?

FRAU SCHNEIDER Meiner spricht ja genauso.

FRAU SCHMIDT Da wirst verrückt. Verrückt wirst da! Den ganzen Tag das Gequatsch von dem Ding da, vom PC. Mit der elektronischen Post können S' mich jagen.

FRAU SCHNEIDER Mich auch.

COMPUTER VON FRAU SCHMIDT Sie haben Post, Sie haben Post.

FRAU SCHMIDT *(haut auf den Rechner)* Wie stellt man denn das ab?

FRAU SCHNEIDER Gar nicht. Das verhindert doch die Sicherheitsschaltung, die sie uns im EDV-Kurs erklärt haben. Damit Sie Ihre E-mail auch ja nicht übersehen können.

FRAU SCHMIDT Was nützt mir denn die Sicherheitsschaltung, wenn ich nicht rankomme. *(haut auf den Moni-tor)* Herrgott, ich muß doch irgendwie an meine Post ran.

COMPUTER VON FRAU SCHMIDT Sie haben Post, Sie haben Post.

FRAU SCHMIDT Ja! *(haut in einem Anfall von Verzweiflung wild auf die Tastatur des Computers, wütend in Richtung Monitor)* Ich will jetzt meine E-mail lesen, ich will jetzt meine E-mail lesen, hast du gehört?

FRAU SCHNEIDER *(kommt aus dem Nachbarzimmer herüber und bleibt ganz lässig in der Verbindungstür stehen)* Herrgott, Frau Schmidt, was machen S' denn? Warum regen S' sich denn so auf? Dann lassen S' Ihre elektronische Hauspost halt im Computer und kümmern sich nicht weiter darum.

FRAU SCHMIDT *(ebenso wütend wie außer sich)* Und wenn ich eine Nachricht verpass'? Wie? Eine E-mail?!

FRAU SCHNEIDER *(lässig)* Herrgott, Frau Schmidt, ich habe Sie doch nur per E-mail gefragt, ob Sie heute mittag mit mir zum Essen gehen. Es gibt Krautwickerl. Na, gehen S' mit?

Black out.

Himmlische Geschäte

Im Büro von Gottvater. Gottvater sitzt hinter dem Schreib-
tisch. Frau Schmelzer, seine Sekretärin, steht mit Unterschrif-
tenmappe vor ihm.

SEKRETÄRIN Rom hat angerufen.

GOTT Kann warten.

SEKRETÄRIN Zwei Millionen siebenhunderteinunddreißig-
tausendfünfhundertzweiundsiebzig Faxe mit Gebeten
sind angekommen.

GOTT Sollen die neuen Engel bearbeiten.

SEKRETÄRIN Und dann ist jemand aus Düsseldorf da, der
den Himmel kaufen möchte.

GOTT Ich lasse bitten.

Die Perle

Im luxuriösen Heim der Frau Direktor Strohtmann. Frau Direktor Strohtmann sitzt hinter ihrem Schreibtisch, auf dem »der Apparat« steht. Frau Brusbüttel steht in Schürze vor ihr.

FRAU DIREKTOR Also, Frau Brusbüttel, Sie dürfen mich nicht falsch verstehen.

FRAU BRUSBÜTTEL Nein, Frau Direktor.

FRAU DIREKTOR Sie sind eine Perle. Sie sind ehrlich, zuverlässig, gründlich, die Haushilfe, von der man träumt.

FRAU BRUSBÜTTEL Danke, Frau Direktor.

FRAU DIREKTOR Frau Brusbüttel, die moderne Welt ist schlecht. Das wissen Sie so gut wie ich. Vieles, was modern ist, ist schlecht.

FRAU BRUSBÜTTEL Ja, Frau Direktor.

FRAU DIREKTOR Die Architektur, die Mode, die Kultur, das Benehmen – es war früher alles viel besser. Bis auf eines, was es noch nicht einmal gab: das Cloning.

FRAU BRUSBÜTTEL Das was?

FRAU DIREKTOR Das Klonen.

FRAU BRUSBÜTTEL *(versteht nicht)* Ich bräuchte nämlich noch Vim, Frau Direktor.

FRAU DIREKTOR Das Menschenkopieren, Frau Brusbüttel. *(dreht den Apparat auf ihrem Tisch etwas verlegen hin und her)* Sehen Sie, man kann da durch eine ganz einfache Entnahme von Zellen der Mundschleimhaut, die man in diesen Apparat hier legt, Menschen vervielfältigen.

FRAU BRUSBÜTTEL Wirklich?

FRAU DIREKTOR Ja, Frau Brusbüttel. Man stellt nur 37 Grad ein, und schon wachsen in diesem Apparat Menschenkopien.

FRAU BRUSBÜTTEL Macht das Schmutz?

FRAU DIREKTOR Gar nicht, Frau Brusbüttel. Und natürlich wachsen genau die Kopien der Menschen in diesem Apparat heran, deren Mundschleimhautzellen ich abschabe und hier in dieses Nährlösungsschiffchen lege. *(Frau Brusbüttel schaut verständnislos in den Apparat.)*

FRAU DIREKTOR Kurz und gut, Frau Brusbüttel, ich habe einen ganz großen Wunsch.

FRAU BRUSBÜTTEL *(freudig)* Soll ich das saubermachen? *(will den Apparat nehmen)*

FRAU DIREKTOR *(nimmt den Apparat an sich)* Um Gottes willen, nein. Der ist sehr empfindlich. Frau Brusbüttel. Es geht um etwas anderes. Sie wissen, wie sehr ich an Personalmangel in meiner New Yorker Wohnung, in meinem Landhaus im Tessin und in meinem Appartement an der Côte d'Azur leide.

FRAU BRUSBÜTTEL Ja, Frau Direktor.

FRAU DIREKTOR Und deswegen … *(schaut ihr in die Augen)* Ich möchte Sie vervielfachen, Frau Brusbüttel.

FRAU BRUSBÜTTEL Mich?

FRAU DIREKTOR Ja. *(geht mit einem Spatelchen zu Frau Brusbüttel)* Sie brauchen mir nur zu erlauben, ein paar Zellen von Ihrer Mundschleimhaut abzutragen … denn Sie haben das Copyright.

FRAU BRUSBÜTTEL Das was?

FRAU DIREKTOR Das Copyright auf sich selbst.

FRAU BRUSBÜTTEL Ach so?

FRAU DIREKTOR Aber das ist nicht so wichtig.

FRAU BRUSBÜTTEL Bitte, Frau Direktor. *(öffnet dienstfertig den Mund)*

(Frau Direktor Strohtmann macht den Zellabstrich und legt ihn in den Apparat.)

FRAU DIREKTOR Vielen Dank. Vielen herzlichen Dank, Frau Brusbüttel. Wenn auf dieser Welt jemand kopiert werden muß, dann eine Perle wie Sie. Jetzt warten wir eine halbe Stunde ...

FRAU BRUSBÜTTEL Und dann?

FRAU DIREKTOR Gibt es sie viermal.

(Nach einer halben Stunde.)

FRAU DIREKTOR *(ruft)* Frau Brusbüttel!

FRAU BRUSBÜTTEL *(von draußen)* Ich mache gerade das Klo.

FRAU DIREKTOR Kommen Sie doch bitte mal.

(Frau Brusbüttel kommt. Frau Direktor steht, umrahmt von drei neuen Frau Brusbüttels, im Raum.)

FRAU DIREKTOR Nun, was sagen Sie dazu? Drei neue identische Frau Brusbüttels. Ist das nicht wunderbar? Jetzt gibt es Sie viermal. Was sagen Sie dazu, Frau Brusbüttel?

FRAU BRUSBÜTTEL Ja, also, Frau Direktor, ich kann dazu nur sagen: Jetzt brauch' ich viermal Vim.

Verzweifeln Sie bitte draußen!

*Im Einsamkeitsbüro. Frau Schmöllreuther hinter ihrem wei-
ßen Schreibtisch in ihrem weißen Büro vor ihrem weißen
Notebook hebt das weiße Telefon ab.*

FRAU SCHMÖLLREUTHER Einsamkeitsbüro Schmöllreuther ... Ja, natürlich glaube ich Ihnen, daß Sie heute einsam sind, Frau Strobel, aber heute sind wir ausgebucht. Wir hätten da nur noch einen Termin zur
zwischenmenschlichen Begegnung von 17 Uhr 30 bis
18 Uhr ... Nein, nicht heute. Am Dienstag, den 28. ...
Ja, bis dahin müßten Sie warten ... Sie vergehen vor
Einsamkeit? Haben Sie schon einmal das Mitmen-
schenprogramm aufgerufen? ... Was heißt, Sie können
nicht andauernd die Menschen auf dem Bildschirm an-
starren? Dieses Mitmenschenvideo wurde von führen-
den Isolationsforschern für uns erarbeitet ... Ja, dann
ginge es nur noch morgen von 8 Uhr 15 bis 8 Uhr 35
... Ja, Frau Strobel, aber nur, weil Sie ein Notfall sind,
und, wie gesagt, nur eine Viertelstunde und 5 Minuten
... Natürlich reicht das aus, um Ihr Geborgenheitszen-
trum zu aktivieren. Aber wenn ich es Ihnen sage! ...
Jetzt heulen Sie doch nicht! ... Was heißt, Sie verzweifeln? Mein Gott, wenn ich keinen Termin habe. Sie
sind nicht die einzige, die verzweifelt.
*(Sieben über das ganze Gesicht strahlende, weißliche
Menschenwesen in weißen Anzügen kommen aus dem
Nebenzimmer, Frau Schmöllreuther beobachtet sie kri-
tisch.)*

FRAU SCHMÖLLREUTHER Die ganze Welt vergeht vor Einsamkeit, da sind Sie doch nicht alleine, aber jetzt muß
ich Schluß machen, sonst hyperdynamieren mir hier
sieben Personen, die soeben aus dem Neuenähekurs
nach Schrolzer kommen. Sehen Sie, sehen Sie! Um
Gottes willen!
(Die sieben über das ganze Gesicht strahlenden, weißli-
chen Menschenwesen torkeln glückselig im Raum um-
her und werfen alles um. Frau Schmöllreuther legt den
Hörer beiseite und stellt sich den Glücklichen in den
Weg, nicht ohne ihnen ängstlich auszuweichen, wenn sie
zu nahe kommen.)
FRAU SCHMÖLLREUTHER Die sind ja zwischenmenschlich
vollkommen aufgeladen, die rennen mir ja gleich alles
zusammen. Hallo, Sie, Sie müssen doch erst durch den
Adaptationsfilter! Sie können doch nicht so in die Realität hinaus, da gibt es doch Kollisionen auf der Inte-
grationsebene.
(Sie rennt zum Schreibtisch und ergreift den Telefonhö-
rer, unterdessen verläßt eines der strahlenden Wesen den
Raum.)
FRAU SCHMÖLLREUTHER Na bitte, jetzt rennt schon einer
hinaus und umarmt vor dem Institut einen Passanten.
Herrgott, und das alles nur, weil Sie eine Krise haben.
Jetzt bekommen wir wieder eine Anzeige wegen Di-
stanzschaden. Nein, nein, so geht das nicht, Frau Strobel, jetzt ist Schluß. Telefonseelsorge ist in Ihrem See-
lenpflegevertrag nicht inbegriffen, und nun guten Tag!
(will auflegen, hört einen Schuß im Telefonhörer) Frau
Strobel? Frau Strobel? Ach, du lieber Himmel! Jetzt hat
die sich schon wieder erschossen! Jetzt ist sie nicht nur
einsam, sondern auch tot. Jetzt kann ich schon wieder
hin und die rekonstruieren. Und das, wo heute die Gen-

bruchstücke nicht gekommen sind. Aber das ist typisch, die Leute verzweifeln, wann es ihnen paßt. *(legt den Hörer auf)*

(Es klingelt erneut.)

FRAU SCHMÖLLREUTHER *(hebt ab)* Einsamkeitsbüro Schmöllreuther. Ja, gerne, Frau Dr. von Zeitel, zur Reintegration?

EIN VERZWEIFELTER *(kommt zur Tür herein)* Guten Tag, ich komme zur Seelenpflege, ich bin nämlich so verzweifelt, daß ...

FRAU SCHMÖLLREUTHER *(während sie im Terminkalender sucht)* Sie, bitte schön, verzweifeln Sie bitte draußen! *(in den Hörer)* Und wie wär's am Mittwoch, Frau von Zeitel, mit Seelenbifurkation?

Der neue Kundendienst

Herr Schneider betritt das Postamt und hält verwundert inne. Im Postamt buntes Treiben. Im Paketschalter spielt eine Einmannkapelle, auf den Schaltertischen Platten mit Kanapees und Sekt. Sehr vereinzelt steht ein Grüppchen Postkunden mit Schnittchen und Sektglas bei einem Plausch beisammen, dazwischen lallende und wild umhertorkelnde Schalterbeamte. Frau Dünkler-Deuchtler – eine attraktive Mittdreißigerin, vollkommen nüchtern – tritt freundlichst auf den eintretenden Herrn Schneider zu. Der PR-Chef der POST AG Süddeutschland steht in dunklem Anzug geschniegelt herum und beobachtet das Treiben.

HERR SCHNEIDER *(entsetzt)* Was ist denn das?

FRAU DÜNKLER-DEUCHTLER *(kommt auf Herrn Schneider zu)* Guten Tag. Ich bin Ihre neue Postkundenbetreuerin. Möchten Sie ein Glas Sekt?

HERR SCHNEIDER Wie? – Ich möchte ein Paket aufgeben.

FRAU DÜNKLER-DEUCHTLER Wir haben nämlich heute unseren Tag der Begegnung. Jeden Mittwoch ab 11 Uhr 30.

HERR SCHNEIDER Das ist doch hier das Postamt?

FRAU DÜNKLER-DEUCHTLER Oder möchten Sie lieber Sekt-Orange?

(Ein besoffener Postbeamter kommt auf Schneider zugetorkelt, fällt ihm in die Arme und umarmt ihn.)

HERR SCHNEIDER Also, bitte! *(stößt den Herrn weg)*

FRAU DÜNKLER-DEUCHTLER *(ohne davon Notiz zu nehmen, schenkt für Schneider ein Glas Sekt ein)* Der Tag der Begegnung soll dazu beitragen, die Beziehung Kunde – Deutsche Post AG zu verbessern. *(reicht ihm das Sektglas)*

(Der besoffene Postbeamte fliegt wieder auf Schneider zu.)

HERR SCHNEIDER Gehen Sie doch weg!

SCHALTERBEAMTER *(lallt)* Genau! *(torkelt weg)*

FRAU DÜNKLER-DEUCHTLER Oder ein Lachsbrötchen?

HERR SCHNEIDER Wo kann ich denn mein Paket aufgeben?

FRAU DÜNKLER-DEUCHTLER Die Post sieht sich nicht länger als Dienstleistungsbetrieb, in dem es ausschließlich um Post geht.

HERR SCHNEIDER Was?

FRAU DÜNKLER-DEUCHTLER *(beißt in ein Lachsbrötchen)* Das Postamt ist ab jetzt ein Treffpunkt. Nicht doch ein Gläschen Sekt? Für den Kunden. *(hält ihm ein Glas Sekt hin)*

HERR SCHNEIDER Nein, danke. Das Paket muß nämlich heute raus.

FRAU DÜNKLER-DEUCHTLER Finden Sie eigentlich nicht, Herr …

HERR SCHNEIDER Schneider.

FRAU DÜNKLER-DEUCHTLER … Herr Schneider, daß es im Leben noch Wichtigeres gibt als die Ankunft eines Paketes am Bestimmungsort?

HERR SCHNEIDER Was?

FRAU DÜNKLER-DEUCHTLER Wir müssen endlich über Zustellung und Empfänger hinausdenken, Herr Schneider. Die Deutsche Post AG sieht sich nach ihrer Privatisierung als dynamisches, innovatives Privatunternehmen dazu verpflichtet, den Kunden nicht länger mit Amtsabläufen einer starren Beamtenmaschinerie zu konfrontieren, die nicht mehr zeitgemäß sind.

HERR SCHNEIDER *(hält das Paket hoch)* Da ist Geschirr zur Ansicht drin, das ich zurückschicken muß.

FRAU DÜNKLER-DEUCHTLER Die Zeiten, in denen sich Postbeamter und Kunde am Schalter in einer strengen Rollenverteilung gegenüberstanden, sind vorbei. Bei der neuen, privatisierten Post soll aus dem Gegenüber zweier Fronten ein Miteinander werden. Verstehen Sie?

HERR SCHNEIDER Nein.

FRAU DÜNKLER-DEUCHTLER Sekt? *(hakt ihn ein)* Es geht um eine menschliche Begegnung.
(Der besoffene Schalterbeamte fällt wieder auf Schneider.)

SCHALTERBEAMTER Willste ein Glas *(rülpst)* Sekt?

HERR SCHNEIDER *(entsetzt)* Nehmen Sie doch endlich den Herrn da weg.

FRAU DÜNKLER-DEUCHTLER *(schiebt den besoffenen Beamten mit dem Fuß zur Seite und geht mit Schneider auf und ab)* Das neue Motto lautet: »Weg von der Beförderung – hin zu mehr Menschlichkeit.« Wir wollen eine fröhliche, heiterere Post sein, in der der Kunde sich auch nach Aufhebung des Postmonopols wohl fühlt. Wohler als bei der Konkurrenz. Oder fühlen Sie sich nicht wohl? *(lehnt sich an ihn)*

HERR SCHNEIDER *(durch ihre Nähe verwirrt)* Ja. Also doch. Überhaupt nicht. Das Paket.

FRAU DÜNKLER-DEUCHTLER *(nimmt ihm das Paket ab und legt es zur Seite)* Jetzt lassen Sie doch einmal das Paket beiseite, Herr …

HERR SCHNEIDER Schneider.

FRAU DÜNKLER-DEUCHTLER Auf diese Weise wird der Kunde stärker an seine ganz persönliche Post gebunden. Verstehen Sie? *(hält ihm das Sektglas vor den Mund)*

136

HERR SCHNEIDER *(durch ihre Nähe verwirrt)* Nein. Ja. Ich trinke nicht. Ich brauche nämlich das Datum des Poststempels, Frau … *(sieht sie hilflos an)*

FRAU DÜNKLER-DEUCHTLER Dünkler-Deuchtler. Mein Kärtchen. *(gibt ihm ihr Visitenkärtchen)* Dann wollen wir uns das Paket mal ansehen, wenn Sie in einem Postamt wirklich an nichts anderes denken können als an Ihr Paket.

HERR SCHNEIDER Nein. Nicht.

FRAU DÜNKLER-DEUCHTLER *(nimmt das Paket)* Die Schalter sind am Tag der Begegnung nämlich geschlossen.

(Der Schalterbeamte torkelt vorbei.)

SCHALTERBEAMTER Zu.

FRAU DÜNKLER-DEUCHTLER *(schaut auf das Paket, freudig überrascht)* Ach, nach Köln muß das?

HERR SCHNEIDER *(verzweifelt)* Ja!

FRAU DÜNKLER-DEUCHTLER Das ist doch kein Problem, Herr Schneider. Da fährt doch stündlich der Intercity hin. Da sind Sie doch in drei Stunden dort.

HERR SCHNEIDER Wer? – Ich?

FRAU DÜNKLER-DEUCHTLER Und das Paket.

HERR SCHNEIDER ?

FRAU DÜNKLER-DEUCHTLER In einem dynamischen Zeitalter kommen wir nicht darum herum, daß Kunde und Dienstleistungsunternehmen unkonventionell und frei von festgefahrenen Gewohnheiten miteinander kooperieren. Nur so hat die Menschlichkeit am Ende des Jahrtausends eine Chance. Nicht wahr?

HERR SCHNEIDER Ich bin vollkommen durcheinander. Haben Sie ein Glas Sekt?

FRAU DÜNKLER-DEUCHTLER Na sehen Sie. So ist es recht. *(reicht ihm ein Glas)*

137

HERR SCHNEIDER *(nimmt es und stürzt den Sekt herunter)* Ich muß jetzt gehen. Ich muß jetzt unbedingt – nach Köln. Ich muß irgendwie ... *(will hastig mit seinem Paket zur Tür)*
(Der besoffene Schalterbeamte stößt vor der Tür mit Schneider zusammen, und beide fallen zu Boden. In Schneiders Paket geht klirrend der Inhalt zu Bruch. Der PR-Chef der POST AG Süddeutschland kommt – Hände auf dem Rücken – dazu.)

PR-CHEF DER POST AG SÜDDEUTSCHLAND Und, Frau Dünkler-Deuchtler? Wie läuft es? Wie wird Ihrer Meinung nach die neue Dienstleistungsphilosophie der Deutschen Post AG vom Kunden akzeptiert?

FRAU DÜNKLER-DEUCHTLER Ich denke, Herr Dr. Döbel, da gibt es keine Probleme. Dieser Herr wollte soeben selbst sein Paket nach Köln bringen, und der Schalterraum wird, wie Sie sehen, als Stätte der zwischenmenschlichen Begegnung bereits bestens akzeptiert. *(zeigt entzückt auf den Boden, wo sich Schneider und der über ihn gestürzte Postbeamte zu einem wirren Knäuel verheddert haben. Der PR-Chef der POST AG Süddeutschland verdreht verzückt die Augen.)*

Ende.

Die Herrenkonferenz

Konferenzraum in einer Firma. Sechs Herren um den Konferenztisch, sehr offiziell, sehr ernst.

DR. RÜSSEL Herr Dr. Kneifer, Sie sind also der Ansicht, daß?

DR. KNEIFER Unbedingt, wenn Sie einmal proponieren, daß hunderttausenddreihundertundzweiundfünfzig.

BRÜSSEL *(stets sehr positiv)* Bravo!

CHEF *(streng, aber souverän)* Da hat er recht.

DR. RÜSSEL Aber Sie werden doch nicht annehmen, daß mit diesen Zahlen der nordamerikanische Markt?

DR. KNEIFER Gerade der nordamerikanische Markt, Herr Kollege, ist unter dem Aspekt des Damenslip. *(wendet sich ab)*

DR. UTZ *(unangenehm)* Das halte ich für völlig falsch! *(verschränkt die Arme und schaut weg)*

VON BÜTTEN *(immer sehr verbindlich)* Wir sollten uns, glaube ich, einmal danach umschauen …

DR. UTZ Weltfremd!

VON BÜTTEN … umschauen, also Mieder und Höschen getrennt beziehungsweise Mieder und Höschen zusammen, das wäre, glaube ich, eine Lösung.

CHEF Wie?

VON BÜTTEN Unter dem Aspekt römisch zwei groß U, Herr Direktor.

CHEF Ach so.

BRÜSSEL Bravo!

DR. RÜSSEL Der per Zwischenbilanz ausgegebene Kapitalzuwachs Nordamerika hochgerechnet auf den Umsatz Slip spricht jedenfalls eine deutliche Sprache.

DR. UTZ Ich muß entschieden widersprechen.

DR. RÜSSEL Und die Aktien?

DR. KNEIFER Wieso sollte nicht gerade die Nordamerikanerin? Gerade der Nordamerikaner?

BRÜSSEL Bravo!

CHEF Meine Herren! Die entscheidende Frage heißt: Ist es ist es nicht? Selbstverständlich global. Daran ändert der Slip nichts.

VON BÜTTEN Oder das Damenhöschen.

DR. KNEIFER *(legt den Stift hin, entschlossen)* Meiner Ansicht nach: ja.

DR. RÜSSEL Wenn man natürlich Innovation und Erfindergeist so. *(legt den Stift hin und lehnt sich zurück)*

DR. UTZ Ha! Sie verzeihen, wenn ich lache, Herr Kollege.

DR. RÜSSEL Meine Abteilung, die Abteilung Höschen, hat jedenfalls jahrelang.

BRÜSSEL Bravo!

DR. RÜSSEL Und das unter meinem größten persönlichen Engagement.

VON BÜTTEN Es kann wohl kaum jemand bestreiten, daß sich gerade Herr Dr. Rüssel für das Damenhöschen mit unglaublicher Energie.

BRÜSSEL Bravo!

DR. UTZ Und nochmals nein.

CHEF Ich darf also resümieren, meine Herren: weder da noch dort, jedenfalls nicht bis zu einem gewissen Grade unter Voraussetzung, daß. Ist das richtig, meine Herren?

ALLE AUSSER CHEF *(ohne einander anzuschauen)* Allerdings.

CHEF Danke. Ich denke, meine Herren, wir sind heute wie-

140

der einen ganzen Schritt vorangekommen. *(klappt die Akten zu und sieht zufrieden in die Runde)*

(Allgemeine Zustimmung, Ende.)

Depression direkt

(Der Anrufer steht im fünften Stock eines Hochhauses auf dem Fensterbrett des weit geöffneten Fensters, wählt und hält das Handy ans Ohr. Am anderen Ende meldet sich die elektronische Stimme.)

ELEKTRONISCHE STIMME Guten Tag, hier spricht Ihre Private Telefonseelsorge *Depression direkt – täglich 24 Stunden Verständnis für Sie!* Drücken Sie bitte 1 auf Ihrer Telefontastatur, wenn Sie Eheprobleme haben, 2, wenn es sich um andere Beziehungen handelt, und 3, wenn Sie sich in einer akuten seelischen Krise befinden. *(Piepston)*

ANRUFER *(drückt die 3 auf seinem Handy)*

ELEKTRONISCHE STIMME Danke! Sie befinden sich in einer akuten seelischen Krise und brauchen dringend Hilfe. Drücken Sie bitte 1, wenn Sie sich die Pulsadern aufschneiden wollen, 2, wenn Sie Schlaftabletten bevorzugen, und 3, wenn Sie beabsichtigen, sich durch Überwindung eines Höhenunterschiedes umzubringen. *(Piepston)*

ANRUFER *(drückt die 3 auf seinem Handy)*

ELEKTRONISCHE STIMME Danke! Sie wollen sich durch Überwindung eines Höhenunterschiedes umbringen. Da sind Sie bei *Depression direkt – täglich 24 Stunden Verständnis* genau an der richtigen Stelle. Denn im Gegensatz zu vielen anderen Telefonseelsorgeunternehmen stehen Ihnen bei *Depression direkt* hochspezialisierte Fachkräfte für alle Arten von Suizid durch Überwindung von Höhenunterschied zur Verfügung.

Drücken Sie deswegen die 1 auf Ihrem Telefon, wenn Sie sich aus dem 1. Stock, 2, wenn Sie sich aus Stock 2 bis 5, und 3, wenn Sie sich aus einem anderen Stockwerk stürzen wollen.

ANRUFER *(drückt die 2 auf seinem Handy)*

ELEKTRONISCHE STIMME Danke! Sie wollen sich aus Stock 2 bis 5 stürzen, um Ihr Leben zu beenden. Bitte überlegen Sie nun, ob Sie das *wirklich wollen*. Dafür stehen Ihnen 5 Sekunden zur Verfügung. Denken Sie bitte jetzt, und drücken Sie 1 für »ich will«, 2 für »ich habe es mir anders überlegt« und 3 für »ich weiß nicht«.

ANRUFER *(drückt die 1 auf seinem Handy)*

ELEKTRONISCHE STIMME Danke! Sie wollen sich auch nach reiflicher Überlegung durch Überwindung eines Höhenunterschiedes umbringen. Wir verbinden Sie deswegen jetzt unverzüglich mit unserem Einsatzleiter. Er besteht aus hundert Prozent organischem Material und wird Ihnen garantiert helfen. Denn nur bei *Depression direkt – täglich 24 Stunden Verständnis* helfen Ihnen noch echte Menschenmenschen.

EINSATZLEITER Einen schönen guten Tag, mein Name ist Stefan Hohner, was kann ich für Sie tun?

ANRUFER Ich wollte mich gerade durch Überwindung eines Höhenunterschiedes umbringen. Vielleicht können Sie mir helfen? Ich stehe schon auf dem Fenstersims.

EINSATZLEITER Das ist kein Problem. Haben Sie Ihre Füße bei sich?

ANRUFER Ich weiß nicht. Ich kann nicht hinunterschauen.

EINSATZLEITER Ich verstehe Sie. Bewegen Sie bitte die Kleinzehe Ihres rechten Fußes. Können Sie die Kleinzehe des rechten Fußes bewegen?

ANRUFER Ich weiß nicht.

EINSATZLEITER Fein. Das ist ein sicheres Zeichen dafür, daß Sie Ihre Füße bei sich haben. Und nun unsere individuelle Hilfe ganz für Sie persönlich: *(positivodynamische Musik im Hörer)* Steigen Sie *jetzt* vom Fenstersims herunter, und begeben Sie sich *jetzt* in das Zimmer zurück! Haben Sie uns verstanden?

ANRUFER Ja. Ich steige *jetzt* vom Fenstersims herunter und begebe mich *jetzt* in das Zimmer zurück. *(tut es und steigt zurück ins Zimmer)*

EINSATZLEITER Fein. Und nun schließen Sie das Fenster, indem Sie es zumachen.

ANRUFER Ich schließe das Fenster, indem ich es zumache. *(tut es)* Und jetzt?

(Es düdelt euphorisch im Hörer.)

ELEKTRONISCHE STIMME Herzlichen Glückwunsch! Sie haben soeben mit Hilfe von *Depression direkt* Ihr Leben gerettet. Die Gebühren von 728 Mark 50 werden automatisch von Ihrem Konto abgebucht. Denn nirgendwo geht es leichter, wenn man sich umbringen will und ein Girokonto besitzt. Nur bei *Depression direkt – täglich 24 Stunden Verständnis* erfolgt die Abbuchung der Unkosten direkt vom Girokonto. Einfach und unbürokratisch. Übrigens auch beim kostengünstigen Familienabo. Deswegen sollten Sie sich auch das nächste Mal, wenn Sie sich umbringen wollen, direkt an *Depression direkt* wenden. Ihr Partner für den modernen Suizid.

ANRUFER 728?! *(wird vor Schreck vom Schlag gerührt und fällt um)*

Arztbesuch

PATIENTIN Guten Tag, Herr Doktor. Ich habe eine Allergie gegen Haselnußpollen, Hausstaubmilben, H_2O, Perlepotan, Nickel, Tierhaare, Zierfische, Buchweizen, Zitronenröschen, Mehlstaubbaspler, Gänseblümchen, Südehidid, Parabene, Methylesterbenzoesäurekatamaransulfat, Tiramisu, 2 CV, Pferdehaare, Nußknakkerbarthärchen, Leben, Innenpolitik, Klonschaum in Lustverneblern, Kataloniumperoxid, oben, unten, Meisenbällchen, Festplattenhormone, Hyperexit, Leinsamenlumbago, Supermänner, Männer, Birkenpollen, Walderdbeeren, Spreißelbeeren, Kreiselbeeren, Softies, Katakomben, Ischia, 4-Benzohydroethylwürmer, Jadeblau, Prftrt, Hochseetourismus, symphonische Dichtungen und Allergien. Was sagen Sie dazu, Herr Doktor?
ARZT Ja, Frau Schranz. *(räuspert sich)* Sie haben da eine Allergie gegen Haselnußpollen, Hausstaubmilben, H_2O, Perlepotan, Nickel, Tierhaare, Zierfische, Buchweizen, Zitronenröschen, Mehlstaubbaspler, Gänseblümchen, Südehidid, Parabene, Methylesterbenzoesäurekatamaransulfat, Tiramisu, 2 CV, Pferdehaare, Nußknakkerbarthärchen, Leben, Innenpolitik, Klonschaum in Lustverneblern, Kataloniumperoxid, oben, unten, Meisenbällchen, Festplattenhormone, Hyperexit, Leinsamenlumbago, Supermänner, Männer, Birkenpollen, Walderdbeeren, Spreißelbeeren, Kreiselbeeren, Softies, Katakomben, Ischia, 4-Benzohydroethylwürmer, Jadeblau, Prftrt, Hochseetourismus, symphonische Dichtungen und Allergien.

PATIENTIN Ach nein?! Vielen Dank, Herr Doktor. *(erhebt sich)*

ARZT *(erhebt sich)* Keine Ursache. – Der nächste bitte.

MACHT
UND
MÜLL

Das Protokoll

In der Staatskanzlei. Pompöses Ministerzimmer.

STAATSSEKRETÄR *(mit Protokoll-Liste)* Herr Minister, der Staatsbesuch aus Quadronesien ist da.

MINISTER Aha. Ah so. Worum ging es denn da noch mal?

STAATSSEKRETÄR Einen Moment. *(sieht in der Protokoll-Liste nach)* Jawohl. Um die Festigung der Beziehungen der Bundesrepublik Deutschland zu Quadronesien und den Bezug von Quadronesischem Öl mit 14 Prozent Rabatt.

MINISTER Aha. Also los, lassen Sie die Leute herein. Einen Moment. Sitzt meine Krawatte richtig?

STAATSSEKRETÄR Einen Tick nach links.

MINISTER *(zieht die Krawatte zurecht)* Also los.
(Staatsminister gibt ein Zeichen, die Türflügel gehen auseinander. Der König von Quadronesien und sein Gefolge kommen, in prächtige Gewänder gekleidet, herein und verneigen sich würdevoll vor dem Minister.)

KÖNIG Huhu bumbala huh. Eeeeeh kadif.

MINISTER Was sagen die?

DOLMETSCHERIN Der König von Quadronesien wünscht Ihnen einen schönen Tag und Gesundheit.

MINISTER König? Detzelhuber, das haben Sie mir ja gar nicht gesagt.

STAATSSEKRETÄR Pardon, Herr Minister.

MINISTER Also, los. Sagen Sie, ich wünsch' ihm das gleiche, aber nett formuliert.

DOLMETSCHERIN Huhu bambula hah. Ihhh okk.

MINISTER Und jetzt fragen Sie, wieviel Tonnen Öl sie pro Jahr... nein, halt, Moment, fragen Sie zuerst, ob sie einen angenehmen Flug hatten und das ganze Zeug. Sie kennen ja die diplomatischen Floskeln.

DOLMETSCHERIN Huk krtala zam bon ne ne ne?

KÖNIG Honko. Sum pen nahir. Honk ten gu.

DOLMETSCHERIN Der König und sein Gefolge hatten einen sehr angenehmen Flug und möchten Ihnen folgendes Gastgeschenk überreichen.

MINISTER Herrgott, wann komma denn da endlich zum Geschäft? Also schön.

STAATSSEKRETÄR Herr Minister, jetzt müssen Sie sich verbeugen. *(verneigt sich)*

MINISTER Des ah noch. *(tut es)* Bei meinem Hexenschuß.
(Der König und sein Gefolge verbeugen sich, und ein Kamel wird hereingeführt.)

MINISTER Jessas, was ist denn das?!
(Der König und sein Gefolge lächeln und bedeuten dem Minister, daß sie ihm das Kamel schenken.)

STAATSSEKRETÄR *(verneigt)* Lachen, Herr Staatsminister, unbedingt lachen! Das erfordert der quadronesische Anstand.

MINISTER *(wütend, verneigt)* Mir sin aber hier nicht in Quadronesien, sondern in Minga, in München.

STAATSSEKRETÄR Pardon, Herr Staatsminister.
(Minister lächelt, König lächelt, Gefolge lächelt.)

MINISTER Mei, in Hellabrunn habens sowieso kein Platz mehr, jetzt könn ma wieder schaun, wie ma des Kamel wegkriegn.
(Minister lächelt.)

MINISTER Wann kemma denn jetzt endlich zum Geschäft? Ich hab' doch net ewig Zeit für so an Zwergstaat wie Quaradesien.

150

STAATSSEKRETÄR Quadronesien, Herr Minister.

MINISTER Ach, lassen S' mich in Ruh.

STAATSSEKRETÄR Entschuldigung, Herr Minister, aber das Hofbräuhaus aus Marzipan müßten Sie jetzt noch überreichen.

MINISTER Herrschaft, dann reicht's aber. *(nimmt wütend das Hofbräuhaus und lächelt dann sofort wieder; zur Dolmetscherin)* Jetzt sagen S' irgendwas Nettes. Los. *(überreicht das Hofbräuhaus)*

DOLMETSCHERIN Honk sal honk sal.

MINISTER War des alles?

(Der quadronesische König nimmt das Gastgeschenk entgegen und verneigt sich.)

MINISTER *(verneigt sich auch und zischt)* Na endlich. Is jetzt endlich Schluß mit der Etikettn?

STAATSSEKRETÄR Jawohl, Herr Minister.

MINISTER Also gehma, nehma Platz. Take place. Verstehn die eigentlich kein Wort Englisch, die Kasper?

KÖNIG O doch, Herr Minister, wir können uns aber auch deutsch unterhalten. Ich habe in Heidelberg studiert.

MINISTER Was?!

(Pause.)

MINISTER Ja, dann, äh, sind Sie ja mit den deutschen Sitten und, äh, Anstand, äh, bestens vertraut. – Detzelhuber, Sie Kamel!

Blackout in der gesamten Staatskanzlei.

Festrede

Meine sehr verehrten Damen und Herren, liebe Festgäste, ist das Mikrofon an? Liebe Festgäste, wir haben uns hier versammelt, machen Sie doch bitte mal die Tür zu, um, ja, Sie, um heute, vielen Dank, einen sehr, ich hoffe, man kann mich jetzt hören, einen sehr festlichen Anlaß, wie bitte? Hier blinkt nämlich ein roter Punkt am Rednerpult. Einen sehr festlichen Anlaß, der hört gar nicht mehr auf, zu, hört man mich hinten auch? Festlichen Anlaß zu f, neulich konnte mich nämlich kein Mensch verstehen, zu feiern. Es handelt sich, da blinkte auch der rote Punkt, es handelt sich dabei um, oh, im Moment geht der rote Punkt aus, um meine, was ist denn jetzt los? Um meine, ja? Ich höre gerade, das Mikrofon geht wieder? Danke. Es handelt sich dabei um meine eintausendste, hallo? Eintausendste, hier vorne kriegt man nämlich nichts mit, eintausendste, jetzt müßten mich eigentlich alle verstehen? Festrede. Der Segen der Technik. In diesem Sinne, eins zwo eins zwo eins zwo, verehrte Festgäste, vielleicht kann doch mal jemand den Hausmeister holen. Ich danke Ihnen!

Frenetischer Applaus.

Die Antirutschregelung

Festlicher Empfang. Buffet. Champagner. Herren im Smoking,
Damen im Abendkleid. Autohausbesitzer Schletz hält nach
dem Landrat Ausschau und arrangiert es so, daß er »zufällig«
im Gewühl der Menge auf ihn trifft. Beide mit Champagner-
glas in der Hand.

SCHLETZ *(mit gekonnter Überraschung)* Ah, der Herr Land-
   rat.
LANDRAT Mein lieber Schletz. Und? Wie geht's?
   (Händedruck.)
SCHLETZ Ja, mein Gott. Etwas Ärger mit dem Filius. Aber
   sonst ...
LANDRAT Hoffentlich nix Unangenehmes. *(trinkt)*
SCHLETZ Mei, der hatte da eine kleine Auseinandersetzung
   mit dem Höfer, mit dem Biologielehrer, der ihm im-
   mer Fünfer gibt.
LANDRAT Nun ja. Das ist ja nichts Außergewöhnliches. Ich
   habe sogar im Abitur zwei Fünfer gehabt.
   (Gelächter, sie trinken Schampus.)
SCHLETZ Normalerweise wär's natürlich kein Problem. Nur,
   mein Sohn, der Michi, Sie wissen ja, der Michi ist sehr
   impulsiv. Aber ein herzensguter Kerl, nur manchmal
   schlägt er halt zu.
LANDRAT *(amüsiert)* Ja, das kennen wir.
SCHLETZ Der Lehrer ist auch so blöd dagestanden, der hätt'
   ja ausweichen können, aber jetzt, jetzt liegt er halt auf
   Intensiv.
LANDRAT *(verunsichert)* Auf Intensiv?

SCHLETZ Der Höfer, wissen Sie, der Biologielehrer, das ist übrigens der, der die Unterschriftensammlung gegen den Ausbau der A 708 macht.

LANDRAT *(entsetzt)* Was? Der! Der die Leute verrückt macht? Das ist der Lehrer von Ihrem Sohn?

SCHLETZ *(nickt)*

LANDRAT Ganz unangenehmer Kerl, der. Hätt' uns bei der letzten Kommunalwahl fast die absolute Mehrheit gekostet. Behauptet, meine Partei sei nicht biotopfreundlich. Ja, weil wir die Flußauen da für das Industriegebiet, aber Sie kennen ja die Geschichte. Zum Schluß sollen wir auf jede Erdkröte Rücksicht nehmen!

SCHLETZ Wem sagen Sie das.

LANDRAT Schrecklicher Kerl. Da haben Sie jetzt bestimmt einen Haufen Ärger, nicht?

SCHLETZ Und wie. Der Michi, also mein Sohn, der hat ihn halt vom Fleck weg, also vom Pult, *(gestikuliert wild)* so richtig mit der Rechten auf die Schläfe, wissen Sie, so daß …

LANDRAT *(vergißt sich)* Bravo!

SCHLETZ … daß der an die Tafel und danach auf das Pult aufgeschlagen ist. Und jetzt bekommt der Michi natürlich einen Prozeß. Wegen so einem.

LANDRAT Zu dumm. Schlägt er denn immer gleich?

SCHLETZ Ah was, der Michi, das ist ein herzensguter Kerl. Der soll doch mal mein Geschäft übernehmen. Aber jetzt – vielleicht vorbestraft? Das ist natürlich ein ganz schlechtes Vorzeichen für seine Karriere. Sie wissen ja, wie pingelig die Leute auf dem Land sind. Einer, der vorbestraft ist, bei dem kaufens gleich kein Auto.

LANDRAT Ja, ja, unglaublich stur. Diese Sturheit.

SCHLETZ *(trinkt, gekonnt beiläufig)* Der Höfer, der hat ja jetzt schon über 15 000 Stimmen zusammen gegen den Ausbau der A 708. Wissen Sie das?

LANDRAT *(erstaunt)* Ah was!

SCHLETZ Ja, ja. Bald hat er es geschafft. Und das jetzt, wo wir die neuen Modelle vom 412er einführen.

LANDRAT *(sehr interessiert)* Geh, der neue 412er ist schon da?

SCHLETZ Aber ja. Ein irrsinniger Wagen, Herr Landrat. Also die Straßenlage und die Beschleunigung, die Beschleunigung ist ein Traum. Ja, da brauchen S' natürlich eine Autobahn, sonst können S' den freilich nicht ausfahren. Im Naturschutzgebiet zum Beispiel.
(Beide lachen.)

LANDRAT *(abtastend)* Ja, das ist ja interessant, daß der neue 412er schon da ist.

SCHLETZ *(bedeutungsvoll)* Ja, wir haben da wieder so ein paar Vorführwagen …

LANDRAT Ah ja? *(tritt nahe zu ihm, leise)* Der Höfer, das ist mir ein ganz unliebsames Subjekt. Der quetscht sich da in die Bevölkerung hinein, der hat da Sympathie, der macht mir mit seiner Bürgerinitiative bald den ganzen Wahlkreis kaputt.

SCHLETZ *(interessiert)* Ah was?

LANDRAT *(erregt)* Im Ernst. Wir können sagen, was wir wollen, die Leute glauben einfach dem Höfer. Die glauben uns nicht mehr, was wir sagen. Egal, welche Werbeagentur wir für unser Wahlkampfprogramm beauftragen, die glauben einfach dem Höfer.

SCHLETZ Ekelhaft.

LANDRAT *(richtet sich auf)* Sagen Sie mal, wer hat denn da zuerst zugeschlagen?

SCHLETZ Wo?

LANDRAT Na, bei der Schlägerei am Pult. Mit Ihrem Sohn.

SCHLETZ Ach so. Ach so. *(schaltet)* Natürlich der Höfer.

LANDRAT Der Höfer also?

SCHLETZ *(nickt)*

LANDRAT Der hat sich als Lehrer gegen einen Schüler gewandt, handgreiflich?

SCHLETZ *(nickt)*

LANDRAT Können wir das schriftlich haben? Gibt's da Zeugen?

SCHLETZ *(lächelt)* Zeugen sind kein Problem. *(tippt auf seine Brieftasche)*

LANDRAT Gut, wenn's Zeugen gibt, sehe ich da gar keine Schwierigkeiten für Ihren Sohn. Höfer darf als Lehrer nicht handgreiflich werden. *(hebt die Hand)* Egal, wie aggressiv ein Schüler ihm auch entgegentritt. Das ist Gesetz!

SCHLETZ Genau, Gesetz.

LANDRAT Und ich bekomme das dann von Ihnen schriftlich und mit Eid und mit allem Pipapo.

SCHLETZ Natürlich, Herr Landrat. Das machen wir perfekt.

LANDRAT Wär' ja gelacht, wenn die Karriere von Ihrem Filius wegen so einem ... *(nimmt ihn vertraulich an der Schulter)* Zumal der Staatsanwalt meine Protektion für den Posten im Parteivorstand braucht.

SCHLETZ Das wäre natürlich die beste Lösung, wenn man die Akten einfach ... *(macht eine vielsagende Handbewegung)*

LANDRAT *(wiederholt diskret die Handbewegung, trinkt, dann sehr beiläufig)* Sagen Sie mal, den neuen 412er gibt's, glaube ich, auch als Cabrio?

SCHLETZ Mit allen Schikanen, Herr Landrat.

LANDRAT Da schau her. Ja, ein Cabrio, das wär' schon mal was. Dann könnt' ich den alten Wagen meiner Frau geben.

SCHLETZ Den neuen 412er können Sie mit dem alten gar nicht vergleichen. Also, wir haben da, wie gesagt, ein

156

paar Vorführwagen, zufällig sogar Cabrios, die bekommen wir als Großabnehmer vom Werk quasi geschenkt. Und die dürfen wir dann auch weiterverschenken …

LANDRAT *(nickt zustimmend)*

SCHLETZ *(engagiert)* Also, ich meine, es ist egal, an wen. Das bekommt auch niemand heraus, und sogar wenn, wir haben da so einen Vertrag, also das ist quasi ein Kaufvertrag, ja?

(Landrat sieht sich um, Schletz wird daraufhin leiser im Ton.)

SCHLETZ … aber in Wirklichkeit zahlt der Kunde nichts, verstehen Sie? Der Spezialkunde. Das ist völlig legitim.

LANDRAT *(lächelt)* Ich weiß, mein Lieber, ich weiß, ich mach' ja die Gesetze als MdB mit.

(Gelächter.)

LANDRAT Ja, Schletz, schön, Sie getroffen zu haben. Ach, und das »Kaufobjekt« stellen Sie mir dann einfach zugelassen vor die Tür. Azurblau metallic, versteht sich. Mit Antirutschregelung. *(drückt ihm jovial die Hand und verliert sich in der Menge)*

SCHLETZ Mit Antirutschregelung. Wie immer, Herr Landrat. *(verschwindet in der Menge)*

Wahl
Drama in drei Akten

Schauplatz: In einem Wahllokal
Personen: Eins, Zwei

1. Akt

(Eins und Zwei, zwei Wähler, treffen sich per Zufall.)

EINS Was wählen denn Sie heute?
ZWEI Ich weiß nicht.

2. Akt

Eins und Zwei nehmen ihre Wahlunterlagen und gehen in die Wahlkabinen. Nach kurzer Zeit kommen sie wieder heraus und werfen ihre Stimmzettel in die Wahlurne.

3. Akt

EINS Und? Was haben Sie gewählt?
ZWEI Ich weiß es nicht.
EINS Ich auch nicht.

Vorhang.

Volltreffer

In einem Fernsehstudio.

MODERATOR Zum angeblichen Ammerseer Meteoriteneinschlag heute unsere Expertenrunde mit Sprengmeister Hardy Hinterseer, Polizeihauptkommissar Dieter Stutz und Meteoritenforscher Dr. Detlev Unklar. Guten Abend. Herr Hinterseer, Sie haben das 20 Meter breite und 8 Meter tiefe Loch sozusagen angelegt.

HINTERSEER Richtig. Wir haben das Loch für den künstlichen Ententeich um 15 Uhr nachmittag mitteleuropäischer Zeit gesprengt und sind dann … also dann sind wir wieder gegangen.

STUTZ Das Polizeirevier Ammersee 1 war ja über die Kultursprengung nach Absatz 74 vom Landratsamt München 14 gar nicht informiert. Die Kollegen in unserem Hubschrauber »Bussard« *mußten* das Loch also als Meteoritenkrater einstufen.

MODERATOR Deswegen die Meldungen in der Presse und die Hinzuziehung von Experten wie Dr. Unklar.

DR. UNKLAR Als Vertreter des »Deutschen Zentrums für Meteoritenastronomie und Himmelskörpernavigation« habe ich zum Ammerseer Meteoritenereignis nur eines zu sagen: Sowohl die Einschlagtiefe als auch der Kraterrand als auch die Schneeschmelze im Umkreis von 200 Metern um die Einschlagstelle haben gestimmt.

MODERATOR Aber es war kein Meteorit.

DR. UNKLAR Außerdem fanden wir am Einschlagort die für

Meteoriten aus der Milchstraße typischen Exelschen Körperchen.

MODERATOR Es wurde ein Loch gesprengt. Für einen Ententeich.

STUTZ Der Dienstweg wäre es nach Ziffer 8b gewesen, vom Landratsamt die zuständige Polizeidienststelle von der Biotopsprengung Aktenzeichen 90122 zu unterrichten. Aber das hielt man ja höheren Orts offenbar nicht für nötig!

MODERATOR Warum haben Sie als Sprengmeister die in Radio und Fernsehen stündlich wiederholten Falschmeldungen vom Meteoriteneinschlag eigentlich nicht dementiert, Herr Hinterseer? Sie wußten doch Bescheid.

HINTERSEER Ich bin doch gleich nach der Sprengung auf eine Hochzeit. Siebzehn Halbe habe ich gehabt. Nein, achtzehn. Oder neunzehn?

DR. UNKLAR Wir haben an der Einschlagstelle natürlich sofort Messungen über Radioaktivität eingeleitet, die wir gerade bei Meteoriten aus der Milchstraße immer wieder feststellen.

MODERATOR Aber es war doch kein Meteorit aus der Milchstraße, Herr Dr. Unklar!

DR. UNKLAR Im Gegensatz zu anderen, Herr Ypsilon, die über den Ammerseer Meteoriteneinschlag die wildesten Spekulationen anstellen, halte ich mich an die Fakten!

HINTERSEER Die Fakten sind 100 Kilogramm Sprengstoff, Herr Doktor.

MODERATOR Für einen Ententeich.

DR. UNKLAR Ich bin Sternforscher, kein Biologe! Tatsache ist, daß wir im Hinblick auf die Exelschen Körperchen beim Ammerseer Meteoriten davon ausgehen können, daß es sich mit 104prozentiger Wahrscheinlichkeit um einen außerirdischen Gesteinsbrocken des von mir 1981 entdeckten Mondes des soeben implodierten Gestirns 824 der nach mir benannten Galaxie »Unklar« handelt.

HINTERSEER Ich habe doch selbst auf den Knopf gedrückt.

DR. UNKLAR Worauf Sie drücken, ist mir vollkommen egal.

STUTZ Der Fehler den Dienstweg betreffend liegt ausschließlich beim ebenso verfügungsberechtigten wie weisungsverpflichteten Landratsamt!

DR. UNKLAR Ein Landratsamt ist für Meteoriten doch gar nicht kompetent.

MODERATOR Sie sind also weiterhin der Meinung, es handle sich um einen Meteoriten?

DR. UNKLAR Selbstverständlich.

HINTERSEER Ich habe das Loch aber *gesprengt*!

STUTZ Der Skandal ist doch der vom verfügungs- und weisungsverpflichteten Landratsverpflichtungsamt II nicht begangene, nach Absatz 74 zu begehende Dienstweisungsweg 171C der Behördendienstverordnung vom 28.4.69 im Umgang mit weisungsempfangenden Verpflichtungsbehörden. Das ist doch der Skandal.

MODERATOR Wie?

DR. UNKLAR Der Milchstraßenkommission des deutschen Bundestages liegt bereits ein 700seitiger Bericht von mir über dieses sicherlich größte Naturereignis unseres Jahrhunderts vor.

MODERATOR Was? Aber die Wahrheit, die Wahrheit, Herr Doktor, ist doch, daß es gar keinen Meteoriten vom Ammersee gab. Und keinen gibt!

DR. UNKLAR Die Wahrheit, Herr Ypsilon, spielt angesichts eines Ereignisses von dieser Dimension doch wirklich keine Rolle mehr.

161

MODERATOR ?

STUTZ Nach Absatz 706 der weisungsempfangenden Wahr-
heitsverpflichtungswahrheitsverwaltungsbehörden.

DR. UNKLAR Eben.

*(Moderator geht in die Luft, Stutz verglüht vorschriftsmäßig,
Hinterseer erhält drei Jahre auf Bewährung und Dr. Unklar
den Nobelpreis für Astronomie.)*

Der Große Lauschangriff

REPORTER Herr Polizeipräsident, der Große Lauschangriff soll der Polizei bei der Aushebung von Verbrechersyndikaten wesentliche Dienste leisten. Hat sich der Große Lauschangriff seit seiner Neueinführung schon bewährt?

POLIZEIPRÄSIDENT Aber ja. Wir sind sehr froh, daß wir ihn endlich haben. Wir können jetzt gegen verdächtige Personen ganz anders vorgehen als bisher. Sehen Sie, wir hatten da zum Beispiel gerade gestern eine Täterüberführung im Hause der Internationalen Spedition Logistik Schlüpfer, bei der der Große Lauschangriff ganz wesentlich zur Aufklärung des Verbrechens beitrug.

REPORTER Hierzu ist anzumerken, daß Logistik Schlüpfer schon mehrfach im Verdacht stand, an internationalen Geldwäsche-Geschäften beteiligt zu sein. Man konnte aber bislang nichts nachweisen. Ist das richtig?

POLIZEIPRÄSIDENT Das weiß ich nicht. Ich weiß nur, daß die Geschäftsführerin des Unternehmens, Frau Mauschl, ganz wesentlich zur Ermittlung der Täterin beitrug.

REPORTER Welcher Täterin?

POLIZEIPRÄSIDENT Frau Mauschl war schon seit längerem aufgefallen, daß Frau Erni Pies, ebenfalls wohnhaft Goethestraße 7, im gleichen Stockwerk, in dem auch Logistik Schlüpfer Räume angemietet hat, ihr Zamperl Bazi ohne Hundesteuermarke spazierenführt.

REPORTER *(verwirrt)* Ohne was?

POLIZEIPRÄSIDENT Wir haben natürlich unverzüglich gehandelt. Durch die neue Gesetzeslage, die den Lauschangriff zuläßt, haben wir sofort nach der Anzeige die Richtmikrofone plaziert und ausgerichtet.

REPORTER Wohin ausgerichtet?

POLIZEIPRÄSIDENT Direkt auf das Körbchen des Rauhhaardackelzwergpudelmischlings Bazi. Mit der neuen Technik ist eine exakte Ausrichtung auf Einrichtungsgegenstände von unter fünf Millimetern Größe kein Problem.

REPORTER Aber Sie werden doch nicht bestreiten, daß Logistik Schlüpfer durch illegale Lieferungen ...

POLIZEIPRÄSIDENT Ich bin Polizeipräsident, Herr äh, und kann mich schon von Amts wegen an haltlosen Spekulationen über ordentliche Firmen unseres Landes, die immerhin einen erheblichen Batzen Steuern zahlen, nicht beteiligen, Herr äh. Auf jeden Fall fielen sie dann.

REPORTER Fiel wer? Wer fiel?

POLIZEIPRÄSIDENT Die entscheidenden Worte. Frau Pies sagte zu ihrem Rauhhaardackelzwergpudelmischling Bazi, ich zitiere: »Gell, Bazi, mir zahln kei Hundesteuern für di. Wo kemma denn da hi?« »Kemma denn da hi?«, sagte sie. Damit war sie natürlich überführt.

REPORTER Ach!

POLIZEIPRÄSIDENT Ohne modernste Technik wäre uns eine derartige Verbrechensaufklärung natürlich nicht möglich gewesen, Herr äh. Die Worte der Frau Pies liegen nun dokumentenecht vor und dienen vor Gericht simultan als Geständnis und Beweismittel.

REPORTER Und Schleicher, äh, Schlüpfer? Geht leer aus? Wie?

POLIZEIPRÄSIDENT Selbstverständlich nicht. Das Logistikunternehmen Schlüpfer hat sofort nach Verhaftung von Frau Pies und, äh, Entfernung des Hundes Bazi die Wohnung von Frau Pies zwecks Expansion angemietet und natürlich die Prämie erhalten.

REPORTER Prämie? Welche Prämie denn?

POLIZEIPRÄSIDENT Wußten Sie das nicht? Jeder Bürger, der einen anderen Bürger für den Großen Lauschangriff vorschlägt, erhält eine Bürgerprämie von 1830 Mark 50. Um die Säuberung zu fördern.

REPORTER Toll! Aber Schlüpfer hat doch jahrelang, ich meine illegal, es ist doch bekannt …

POLIZEIPRÄSIDENT Ja, glauben Sie etwa, Herr äh, wir können da überall herumlauschen, Herr äh? Wie es uns gerade paßt?! Nur weil irgendwer irgendwas vermutet?! Nein, Herr äh, so geht das nicht! Deutschland ist immerhin noch ein freies Land, also ein Freiland. Ein … Ach, lassen Sie mich in Ruhe! *(geht ab)*

Die Elefantenrunde

Nach der Wahl in einem Fernsehstudio. Die Vorsitzenden der Parteien am bekannten halbrunden Tisch.

CDU Der Wähler honoriert eben Ehrlichkeit und Aufrichtigkeit. Unser Tischstaubsauger »Helmut« hält auch innen, was er außen verspricht.

SPD Hahaha! Sie wollen doch nicht behaupten, daß dieser Billigschund irgendeinen Sinn erfüllt. Ihr Tischstaubsauger saugt doch nicht einmal den Eurokrümel.

CDU Und mit Ihrem Handfernseher kann man nicht einmal das ZDF empfangen.

MODERATOR Meine Herren!

SPD Tatsache ist, daß jeder, der uns gewählt hat, wie im Wahlkampf versprochen, einen Handfernseher »Ollenhauer« erhalten hat, während Ihnen die Tischstaubsauger schon drei Stunden vor Schluß der Wahllokale ausgegangen sind.

CDU Das liegt eben daran, daß wir 2 Komma 6 Prozent mehr Stimmen bekommen haben als Sie!

SPD Er lügt.

MODERATOR Tatsache ist doch, daß die beiden großen Parteien erhebliche Verluste …

SPD Wir haben doch gewonnen. Rein rechnerisch haben wir doch gewonnen, wenn man die Zweitstimmen mit den Hydranten in Neukölln hochrechnet.

CDU Der Wähler hat sehr wohl verstanden, daß Ihr Handfernseher eine bloße Mogelpackung ist, und hat uns sein Vertrauen …

MODERATOR Wir haben da einen eindeutigen Stimmenzuwachs bei Bündnis 90/Die Grünen.

CDU Die Ökoschlafsäcke, die die Grünen an ihre Wähler verteilt haben, haben doch Motten.

BÜNDNIS 90/DIE GRÜNEN Dafür sind sie ernährungsphysiologisch unbedenklich. Die Wählerinnen und Wähler können unsere Schlafsäcke auch essen. Was man von Ihrem Tischstaubsauger aus PVC nicht behaupten kann.

CDU Seien Sie doch still. Wir haben den grünen Punkt.

BÜNDNIS 90/DIE GRÜNEN Sie haben die Wahl verloren.

MODERATOR Meine Herren!

FDP Also, wir haben da noch 1 725 000 zwölfteilige Koffersets, wenn uns noch jemand wählen möchte? *(sehr einladende Geste)*

MODERATOR Meine Herren, wenn wir vielleicht …

CDU *(macht den Sauger an)* Funktioniert doch! Funktioniert doch!

SPD *(macht den Fernseher an)* Ist das nichts? Unser Fernseher empfängt die Elefantenrunde. Da. *(zeigt auf die Mattscheibe)* Das bin ich.

CDU Der Wähler ist für Sauberkeit. Gegen Fernsehen. *(saugt den Fernseher weg)*

MODERATOR Da höre ich soeben von der Regie, wir sind nach dieser Wahl wieder einmal am Ende. Vielleicht zum Schluß noch eine Frage an die Parteivorsitzenden: Wissen Sie schon, welche Präsente der Wähler bei der bevorstehenden Landtagswahl in Hessen für seine Stimme erhalten wird?

ALLE PARTEIVORSITZENDEN *(entrüstet)* Präsente? Die hessischen Landtagswahlen werden im Rahmen des Dienstflugwettrennens Köln–Kampen zugunsten diätensüchtiger Politiker entschieden, Herr äh!

Müllkontrolle

Es klingelt. Frau Schneider öffnet die Haustür.

ETHIKPOLIZIST Guten Tag, Frau Schneider. *(zieht die Ethikpolizistendienstmütze)* Ethikpolizei. Ich hätte gerne mal Ihren Vitalabfall kontrolliert. Ganz normale Routine im Rahmen der europäischen Ethikwochen. Sie haben gewiß im Fernsehen davon gehört.

FRAU SCHNEIDER Aber natürlich, Herr Wachtmeister. Kommen Sie bitte herein. Wir haben nichts zu verbergen. *(hält die Tür weit auf)*

ETHIKPOLIZIST Haben Sie in letzter Zeit irgendwelche Genmanipulationen vorgenommen, Frau Schneider?

FRAU SCHNEIDER Ja. Wir haben zwei Meerschweinchen gezüchtet. Mit Wellensittich gemischt. Sie können singen. Wollen Sie sie sehen?

ETHIKPOLIZIST Nein, nein. Danke. Ich glaub's Ihnen. Bei Kleinnagern sind wir da nicht so pingelig. *(notiert)* Meerschweinchenwellensittiche. Sonst noch etwas?

FRAU SCHNEIDER Noch eine Biobiene, die Mücken frißt. Und nicht sticht. Die Chromosomen dazu gab's neulich in der Apotheke.

ETHIKPOLIZIST Ach ja. Die wollte ich mir auch schon für die Terrasse klonen. Funktioniert das?

FRAU SCHNEIDER Phantastisch. Sie brauchen die Chromosomen nur mit Wasser aufzugießen. Nach 30 Minuten schlüpft dann die fertige Biobiene aus dem Genbrei und fliegt sofort auf Mückenfang. Für 12 Mark 95. – Seit Dödelmeiers, unsere Nachbarn, den Chromosomenunfall mit Stallhasengenen hatten, können wir uns hier nämlich vor Mücken nicht retten.

ETHIKPOLIZIST *(notiert)* Kein Problem. Sie wissen ja, Chromosomen von Fertiginsekten sind ab 1. 3. bis 100 Stück ethisch frei. Sie können damit klonen und kreuzen, wie Sie wollen. Allerdings nicht zu den gesetzlich vorgeschriebenen Ruhezeiten!

FRAU SCHNEIDER Und dann setzen mein Mann und ich noch die DNA für ein Baby zusammen.

ETHIKPOLIZIST Soso? Nachwuchswünsche. Das hört man gern. Deutschland braucht Menschen, die sich noch die Mühe machen, Kinder aufzuziehen. Die meisten Menschen haben heute keine Zeit mehr, sich sechseinhalb Wochen um eine Schwangerschaft im Reagenzglas zu kümmern. Dann darf ich bitte mal Ihre Tonne für den Vitalabfall sehen?

FRAU SCHNEIDER Aber natürlich.

(Frau Schneider führt ihn zur Vitalabfalltonne. Der Ethikpolizist nimmt das Ethikpolizistenpocketelektronenmikroskop aus der Ethikpolizistendiensttasche und schaut in die Tonne.)

ETHIKPOLIZIST Ein Gen für blaue Augen.

FRAU SCHNEIDER Das war von dem ersten Meerschweinchen. Also diesem Sittischschweinchen.

ETHIKPOLIZIST Und zweimal Chromosomenbruch für graugrüne Augen.

FRAU SCHNEIDER Genau. Auch von den singenden Schweinchen. Die Kinder wollten unbedingt Meerschweinchen mit roten Augen.

ETHIKPOLIZIST Albinos.

FRAU SCHNEIDER Genau. Obwohl das Fell schwarz sein sollte und dann auch noch Flügel … Na, Sie wissen ja, wie Kinder sind.

ETHIKPOLIZIST Wem sagen Sie das.

FRAU SCHNEIDER Wir haben die Gene für die blauen und grauen Augen wegschmeißen müssen. So sehr haben die Kinder gebrüllt.

ETHIKPOLIZIST Ich habe auch Kinder. Drei Stück, Fertigkinder von Prassa. Aber tipptopp. Kriegen nie Grippe.

FRAU SCHNEIDER Ach!

ETHIKPOLIZIST Und was ist das?

FRAU SCHNEIDER Was? Das? Ach so, das ist der erste Versuch.

ETHIKPOLIZIST *(zieht einen Plastikbeutel aus der Vitalabfalltonne und hält ihn hoch)* Ein Söhnchen, wie ich sehe.

FRAU SCHNEIDER Ja, wir hatten es schon einmal angezüchtet bis zur vierten Woche. Aber dann haben wir uns umentschlossen. Mein Mann und ich, wir wollen jetzt doch lieber eine Tochter. Oder natürlich ein Sochter.

ETHIKPOLIZIST Das verstehe ich. Da sind die Chromosomensätze zwar etwas teurer, aber man hat eben beides: einen Sohn, der in der futuropatriarchalischen Gesellschaft wesentlich mehr Chancen hat, und eine Tochter mit der Anhänglichkeit, die heute Standard ist.

FRAU SCHNEIDER Das stimmt. Außerdem hatten wir das musikalische Talent auf Chromosom 11 vergessen, das uns meine Schwiegermutter zu Weihnachten geschenkt hat. Sie ist Klavierlehrerin.

ETHIKPOLIZIST *(dreht den Sack um)* Der Embryo ist ordnungsgemäß im Vitalabfallsack verstaut.

FRAU SCHNEIDER Und als Menschenabfall gekennzeichnet, Herr Wachtmeister!

ETHIKPOLIZIST Richtig. Embryonenabfall, vierte Woche, männlich. Sehr schön. Als Menschenabfall gekennzeichnet. *(hakt auf einer Liste ab)* Es ist alles vorschriftsmäßig bei Ihnen, Frau Schneider. Ich gratuliere.

Ethisch intakte Haushalte findet man leider nicht überall. Manche Leute werfen ihre Kinder immer noch in den Kompostmüll.

FRAU SCHNEIDER Wie inhuman!

ETHIKPOLIZIST Sie wissen ja, daß auf Inhumanität jetzt Haftstrafen bis zu 14 Tagen stehen. In einer Zeit, in der man in jedem Supermarkt Genbausätze für Kinder kaufen kann, brauchen wir Verantwortung.

FRAU SCHNEIDER Wo kommen wir denn sonst hin!

ETHIKPOLIZIST Gott sei Dank gibt es auch Leute, die verantwortungsvoll mit der Homegentechnik umgehen können. Wie Sie. Sie sind allen Ethikvorschriften nachgekommen, Frau Schneider. Ein vorbildlicher Abfall.

FRAU SCHNEIDER Danke, Herr Wachtmeister.

ETHIKPOLIZIST Hier ist Ihre Urkunde. Mit europäischem Ethiksiegel. Die Ethikpolizei bestätigt, daß die Würde des Menschen in Ihrem Haus unangetastet bleibt. 21 Mark 50. *(übergibt ein Zertifikat)*

FRAU SCHNEIDER *(bezahlt)* Danke.

ETHIKPOLIZIST Ach, noch ein Tip. Versuchen Sie es doch bei dem Söchterchen einmal mit *Gensprühstärke Marlene Dietrich*. Die habe ich neulich beim Teleshopping bestellt. Da bekommen Sie herrlich lange Beine.

FRAU SCHNEIDER Danke, Herr Wachtmeister. Aber wir wollten nicht über 1 Meter 60 Körpergröße hinausgehen. Versicherung, Verbrauch, das wird uns denn doch alles zu teuer.

ETHIKPOLIZIST Aha. Ich sehe schon. Auch ökologisch ein vorbildlicher Haushalt!

(Ethikpolizist fährt im Ethikpolizistendienstporsche ab. Frau Schneider nagelt die Ethikurkunde an die Haustür.)

Staatsbesuch

Oberbayerischer Landgasthof in idyllischer Lage. An der Tür ein Schild: »Heute geschlossen!« – Ein gepanzerter Siebener BMW fährt schnell auf den Gasthof zu, hält abrupt an. Platz, ein stattlicher Bodyguard, und sein etwas schmächtigerer Kollege, Xaverl, steigen aus. Platz zieht die Hose am Bund hoch und spuckt aus. – Der Wirt hat die Anfahrt vom Küchenfenster aus beobachtet und eilt mit der Bedienung zur Eingangstür. Als die Bodyguards hereinkommen, verneigt sich der Wirt dienstfertig.

PLATZ *(tritt ein und schaut sich im Gasthof um)* Sie wissen Bescheid.

WIRT Es ist alles vorbereitet. Der Gasthof ist für normale Gäste geschlossen und …

PLATZ Was ist denn das? *(zeigt gebieterisch auf einen Tisch)*

WIRT Das?

PLATZ Alle Tische müssen so aufgestellt sein, daß sie aus der Schußlinie sind.

(Die Bodyguards rücken energisch die Tische herum, so daß im Gasthof ein riesiges Chaos entsteht. Wirt und Bedienung schauen tatenlos zu.)

PLATZ Und keine Blumen.

(Die Bodyguards ziehen grob aus allen Tischvasen die Blumensträuße und drücken sie dem Wirt in die Hand. Der Wirt nimmt die ramponierten Blumen entgegen und reicht sie an die Bedienung weiter.)

BEDIENUNG Mei, de schöne Roserln.

PLATZ Der Ministerpräsident kommt heute abend mit Gattin, Tochter und vier Enkeln um 19 Uhr 25 durch diese Tür …

WIRT Jawohl.

(Platz zeigt gebieterisch auf die Eingangstür. Xaverl geht zur Tür hinaus und kommt wieder herein.)

PLATZ … und nimmt an diesem Tisch Platz.

(Platz zeigt auf den Tisch, und Xaverl setzt sich nacheinander auf alle Stühle, die um den Tisch stehen.)

PLATZ Bene. Tisch 2 ist vollständig für den Personenschutz reserviert, also für uns.

(Der Wirt nickt, Xaverl setzt sich nacheinander auf alle Stühle, die um Tisch 2 stehen.)

PLATZ Tisch 2 a, also der, *(zeigt hin)* für die Chauffeure. *(grinst Xaverl an)* Als Kugelfang.

(Bodyguards lachen. Dann schieben sie die restlichen Tische auf die Seite und stellen die zugehörigen Stühle auf die Tische. Die Einrichtung steht jetzt vollkommen durcheinander.)

PLATZ Gut! Speiseplan!

WIRT *(auswendig)* Markklößchensuppe Traunstein, Bayerische Kalbshaxe mit Kraut …

PLATZ Na, na, na. Stop! Haxe is nix. Knochen ist ein potentieller Gefahrenherd.

WIRT Aber der Ministerpräsident wollte typisch bayerisch essen … Der Staatssekretär hat telefonisch Haxe bestellt. Es ist alles vorbereitet.

PLATZ Staatssekretär!

(Platz schaut Xaverl an und verdreht die Augen, Xaverl winkt ab.)

PLATZ Das letzte Wort bei solchen Veranstaltungen ham immer noch mir!

XAVERL *(nickt und tippt sich an die Brust)*

PLATZ *(tritt dem Wirt sehr nahe gegenüber)* Wenn im Röhrenknochen eine Granate steckt? Oder ein Plastik-sprengstoff?!

WIRT *(weicht zurück)* Aber doch nicht ...

PLATZ *(hebt abwehrend die Hand)* Nix. Mir schaltn um auf Ochsenbrust. Ißt du doch a gern, Xaverl?

XAVERL Freili.

PLATZ Also. Gut. *(schaut sich im Gasthof um)* Schußlinie okay, Speisefolge entschärft, dann müß ma noch mit am Metalldetektor durch ... *(entdeckt etwas)* Was is jetzt dees? *(reißt rabiat zwei Hufeisen von der Wand und wirft sie in einen Abfalleimer)* Des Zeigs stört uns ja die ganze Elektronik ... Mit an Metalldetektor durchgehn und schaun, daß kei Abhöranlag vom Russ' eigeschmuggelt is, und dann hätt mer's.

XAVERL *(geht mit einem Metalldetektor die Wände ab, wobei zahlreiche Dekorationsgegenstände im Gasthof zu Bruch gehen)*

PLATZ Dann steht einem Abendessen des Ministerpräsiden-ten in einem echt bayerischen Landgasthof nix mehr im Weg. Oder ham ma noch was vergessn, Xaverl?

XAVERL Na. *(sucht die Wände weiter ab)*

PLATZ *(plötzlich höchst verwundert und entsetzt, zeigt zum Fenster hinaus)* Ja, was is nachher des?

WIRT *(schaut zum Fenster hinaus)* Was?

PLATZ Ja, dees! Dees da!!

WIRT Des? Des is a Buchan.

PLATZ Ja, seids ihr wahnsinnig da herinn!? *(bekommt einen Wichtigkeitsanfall)* Die Schußlinie muß doch absolut sichtfrei sein! Da ko do koan Baum in der Schußlinien stehgn. Da kann sich doch die südwesteuropäische Minderheit oder die RATZ oder an Verrückter oder zwoa, mir vom Personenschutz brauchan doch hun-dertprozentig freie Sicht!

WIRT *(hebt verlegen die Hände)*

PLATZ Was glauben dann Sie, wer sich hinta dera Buchan alles verstecka ko? Wie? Na. Na. Xaverl, hol d' Motorsägn!

WIRT Wie?

XAVERL *(stellt sofort den Metalldetektor ab und geht zum Wagen hinaus)*

WIRT Sie wolln doch net den Baum da umsägn?

PLATZ Ja, was glauben dann Sie?!

BEDIENUNG Herr Obermaier, das geht zu weit.

(Platz geht hinaus. Wirt und Bedienung eilig hinterher.)

WIRT Halt! A Gasthof »Buchenwirt« ohne Buchen.

PLATZ Ja, wolln S' jetzt, daß der Ministerpräsident Ehna Eahrn Gasthof bsucht oder net?

(Xaverl kommt mit der Motorsäge und geht auf den Baum zu.)

WIRT Scho, scho.

PLATZ Na also.

(Xaverl schaltet die Säge an.)

PLATZ Nehmas von links, damit's net aufs Haus fallt.

BEDIENUNG Herr Obermaier, des können S' doch net zulassn.

WIRT *(ebenso aufgeregt wie ratlos)*

PLATZ *(übertönt das Sägegeräusch)* Sie wern scho sehgn. Morgen sind Tageszeitungen voll von Eahrm Landgasthof, und übermorgen können S' Eahna von Bstellungen net rettn. Geh zu!

BEDIENUNG Herr …

WIRT *(zur Bedienung)* Jetzt sein S' endlich still!

(Die Bodyguards sägen die Buche um, die krachend fällt.)

PLATZ So. Weg is. Schußlinie sauba. *(peilt mit dem Finger eine Gerade)*

(Das Telefon klingelt im Dienst-BMW.)

PLATZ *(aufgeregt)* Telefon 1 im Dienstwagen. Moment! I muaß glei dran. Des is was Grundlegendes.

(Platz rennt zum Dienstwagen, setzt sich hinein und telefoniert. Nach einer Weile kommt er zu den anderen zurück.)

PLATZ Terminplanänderung. Der Ministerpräsident fahrt heut glei zur Konferenz übers Reinheitsgebot nach Brüssel.

WIRT Ja aber …

PLATZ Tut mir leid, Herr Wirt, aber vielleicht klappt's nachher a anders Mal.

(Bodyguards mit Motorsäge ab zum Dienst-BMW, steigen ein. Platz setzt das Blaulicht auf das Autodach. BMW fährt mit rasender Geschwindigkeit und Martinshorn ab. Wirt und Bedienung neben erlegter Buche. Schauen dem BMW nach.)